浦睿文化 出品

Elizabeth Bishop

唯有孤独
恒常如新

伊丽莎白·毕肖普
诗选

POEMS

[美] 伊丽莎白·毕肖普 ——著　包慧怡 ——译

CTS | 湖南文艺出版社

你为我写墓志铭时一定要说，

这儿躺着全世界最孤独的人。

——毕肖普致洛威尔的信

译序

“忘我而无用的专注”：地图编绘者毕肖普

一、引子

伊丽莎白·毕肖普（1911—1979）的诗歌生涯逡巡于在场与隐形的两极。很少能举出一位像她一样的美国诗人，早早誉满天下，却在诗歌之外的一切场域保持了近乎完美的沉默。在本土，毕肖普通常被看作艾米莉·狄金森之后最优秀的女诗人。如果说狄金森生前是彻底隐形的（几乎无发表，全无文名），毕肖普却从出版第一本诗集起就陆续获得了包括古根海姆奖（两次）、普利策诗歌奖、美国国家图书奖、纽斯塔国际文学奖在内的各项桂冠，也曾担任国会图书馆诗歌顾问（俗称的美国桂冠诗人）、哈佛驻校诗人等职位。

即使如此，在1990年代的两本重要传记问世前，在书信集《一种艺术》和《空中词语》经后人整理出版前，人们对她的生平所知甚少，甚至没有多少人听过她公开朗诵。1983年，毕肖普去世不到四年，纽约大学诗歌教授丹尼斯·奥多诺在《喧嚣的鉴赏者：现代美国诗歌中秩序的观念》一书中如此介绍她："1911年2月8日生于麻省伍斯特，八个月时丧父，母亲……在她五岁时被送入新斯科舍达特茅斯的精神病院。伊丽莎白再也没见过母亲。"奥多诺得出结论："从表面看来，她的一生没什么戏剧性。"这大致代表了当时大部分读者对她的印象。

二十年的研究积累使读者对她的生平得出了截然相反的看法。2002年，爱尔兰小说家科尔姆·托宾在随笔集《黑暗时期的爱情：从王尔德到阿莫多瓦的同性恋人生》中为毕肖普专辟一章，称在戏剧性方面"她的一生可与西尔维娅·普拉斯媲美，成为永远令人着迷的主题"。可我们不应忘记，"永远令人着迷的"首先是她的诗歌：缤纷、冷凝、节制、澄澈，从高度专注中诞生的美妙的放松，以及博物志视野下对最幽微而深刻的情感事件的聚焦。即使有着最谦卑乃至羞涩的外表，这些诗句仍指向一颗沉静有力的心脏，一支缓慢而苛刻的笔——两者在毕肖普的时代如同在我们的时代一样罕见。

没错，她写得那么少又那么慢，以至于其诗歌全集薄得令人尴尬，算上未正式收录的作品也不过百来首。处女作《北与南》(1946)出版九年后方有第二部诗集问世，即《诗：北与南；寒春》(1955)，其中还收录了第一部诗集的全部内容。又是漫长的十年后，《旅行的问题》(1965)问世。此后则是她自己删定的《诗全集》(1969)，包含了八首新作。七年后，毕肖普出版了生前最后一本诗集《地理学III》(1976)。这差不多就是全部。

1956年，毕肖普致信格蕾丝姨妈："我写了一首关于新斯科舍的长诗，是献给你的。出版之时，我会给你寄一份。"这首名叫《麋鹿》的诗十六年后才彻底完成。一首诗改上十多年在毕肖普那里是常有的事，她的终身好友、美国自白派诗人罗伯特·洛威尔在一首题为《历史》的献诗中对此有所描述："你是否/依然把词语挂在空中，十年/仍未完成，粘在你的公告板上/为无法想象的词组留出空格与空白/永不犯错的缪斯，令随意之物完美无缺？"这也是两人之间的书信全集《空中词语》的出处。节制与舒缓自始至终主宰着毕肖普的诗艺，也主宰她的创作态度，这从她的一封信中可以窥见端倪：

"看起来，人们在艺术中需要的——为了体会艺术而需要的——是一种忘我的、完全无用的专注，而创造艺术也绝对离不开它。"

如果我们幸或不幸地了解她的生平，很容易将这看作一种自我救赎的表述。不过，这种“忘我而无用的专注”，首先是毕肖普诗歌给读者的一个直观印象。

二、想象的地图

地形学不会偏袒；北方和西方一样近。
比历史学家更精微的，是地图绘制者的色彩。
——《地图》

差不多可以说，《北与南》中的第一首诗《地图》是毕肖普第一部诗集的题眼，并为此后的写作奠立了一个重要维度。迁徙中写就的原地之诗，在原地写就的迁徙之诗，以及作为生存处境之隐喻的出发和抵达，这是一个将在毕肖普诗歌中反复变奏的基调。

初识其诗的读者往往有这种印象：那些看似随意选择，彼此没有必然关联的琐碎的风景细节是怎么回事？还有那些看似出自全然的童真，却处处透着玄思气息的问号：“沿着细腻的，棕褐多沙的大陆架 / 陆地是否从海底使劲拽着海洋?”它们看似要引人回答什么，最后却只描述了对地图之美的恋物式沉迷："我们能在玻璃下爱抚／这些迷人的海湾，仿佛期待它们绽放花朵／或是要为看不见的鱼儿提供一座净笼。"

地图究竟是什么？它们要为我们指明方向，还是诱使我们在色彩和符号中迷路？它们自诩精确客观，是混沌世界可把握的缩影，是精微的测绘仪器对广袤无限的征服，它们确信自己是"有用的"。可是不精确的地图同样"有用"：我们坐地铁穿越城市的地底，明知地铁图上缤纷的线路勾勒的是一个与地面上迥然不同的城市，分布在东西南北的四个站点被画在同一条笔直的直线上，却毫不担心地任由列车裹挟我们，进入错综复杂的更深处。画在纸上的地图又是什么，如果它拒绝成为世界的象征，如果它胆敢希望成为一个自足自洽的存在？

绘入地图的水域比陆地更安静，
它们把自身波浪的构造借给陆地：
挪威的野兔在惊惧中向南跑去，
纵剖图测量着大海，那儿是陆地所在。
国土可否自行选取色彩，还是听从分派？
——哪种颜色最适合其性格，最适合当地的水域。
(《地图》)

当毕肖普在诗末斩钉截铁地写下“地形学不会偏袒：北方和西方一样近”，作为地图凝视者的她已进入中世纪地图的思维模式。在如同赫里福德地图（Hereford Mappa Mundi）那样典型的13世纪“T-O”型地图上，圆心永远是耶路撒冷，一半世界永远不被呈现（中世纪人相信那儿是倒立行走的“反足人”和各种《山海经》式怪兽的家乡），地中海、尼罗河和顿河将可见的世界划作三块，欧洲与非洲永远是两个等大的四分之一弧，而亚洲是两倍于它们的半圆，东方在今天的北面而西方在今天的南面……物理的地形学让位于理念的地形学，它们“不会偏袒”，一如实用主义的目光消弭于想象的目光。用地图寻找方向的旅人消失在以地图为审美和沉思对象的旅人眼中：前者将找到路，后者将找到一座迷宫，两种人将有截然不同的命运。找路的人固然众多，却也有人不以迷路为恐怖，至少毕肖普在《想象的冰山》中，书写的完全是以她本人为代表的后一种旅人的狂欢：

我们宁肯要冰山，而不是船，
即使这意味着旅行的终点
……

我们宁肯拥有这片呼吸着的雪原
尽管船帆在海上片片平展
……
这片风景，水手愿用双眼交换。
航船被忽略。

虽然“船”是海上之路，载人前往确凿安定的港湾，“我们”依然青睐会像迷宫一样最终吞噬我们的冰山。我们赞赏它沉浮不定中的自持，醉心于它的繁复：“冰山胆敢把它的重量 / 加诸一个变幻的舞台，并且站定了，凝望。/ 这座冰山从内部切割它的晶面。”冰山从观看的对象成了观看者，如一座镜宫静默地凝望自己体内无穷的镜子。在想象的航海图上，抛弃了船只的旅人注定遭遇冰山，就像不找路的人最终会找到迷宫并葬身其中——但那或许是更幸运的归宿，因为在毕肖普那里，冰山与灵魂质地类似，两者本就该同栖同宿或者消融在彼此之中：“冰山要求灵魂 /（两者都由最不可见的元素自我生成）/ 去这样看待它们：道成肉身、曼妙、矗立着，难以分割。”

说到这里，水（“最不可见的元素”）——确切地说是海——对于毕肖普的意义已经不言而喻。毕肖普未必是个泰勒斯主义者，但大海显然是她心灵地貌的重要建设者，地图上最迫切而深重的在场。《北与南》中的《海景》《硕大糟糕的图画》《奥尔良码头》《鱼》《不信者》，第二本诗集《寒春》中的《海湾》《在渔屋》，晚期诗集《地理学 III》中的《三月末》以及未收录诗《北海芬》等，无一不是写海或基于海景的名篇。可以说在她以前没有人写出过这样的海洋之诗，在她以后，至今也没有。

无论是随外祖父母度过童年的、被北大西洋四面环绕的加拿大东南部新斯科舍省，还是与恋人萝塔共度“一生中最快乐的十多年”的、毗邻南大西洋的巴西彼得罗波利斯和里约热内卢；无论是被墨西哥湾和北大西洋挟持、位于佛罗里达群岛乃至美国本土大陆最南端的基韦斯特岛（20 世纪 30 年代，刚从瓦萨女子学院毕业不久的毕肖普在这里和大学女友露易丝·克莱恩一起购房同住），还是她度过最后几个夏天的、位于缅因州皮诺波斯科特海湾的北海芬小镇——毕肖普终生在海洋与陆地间辗转迁徙，而那些令她长久驻留并在诗歌中一再被重访的，永远是海与陆、水与土的分界：半岛、海峡、陆岬、港湾、码头。扬·戈顿称毕肖普“为地理尽头着迷，那些水陆的指尖是更广之地的感觉接收器”。然而比起浪迹天涯海角本身，更吸引毕肖普的其实是这些人类行踪的边缘地带赋予一名观察者的地理距离和心理距离，一种微微敞口的孤绝。退隐，然后观看。还有哪儿比海洋与陆地的分界更适合一个严肃的观察者从事对地图的内化，思考空间与知识、历史以及我们所感受到的一切的关系？一如《在渔屋》的末尾：

我曾反复看见它，同一片海，同一片
悠悠地，漫不经心在卵石上荡着秋千的海
在群石之上，冰冷而自由，
在群石以及整个世界之上。
若你将手浸入其中，
手腕会立即生疼，
骨骼会立即生疼，你的手会烧起来
仿佛水是一场嬗变的火
吞噬石头，燃起深灰色火焰。
若你品尝，它起先会是苦的，
接着是海水的咸味，接着必将灼烧舌头。
就像我们想象中知识的样子：
幽暗、咸涩、澄明、移涌，纯然自由，
从世界凛冽坚硬的口中
汲出，永远源自岩石乳房，
流淌着汲取着，因为我们的知识
基于历史，它便永远流动，转瞬即逝。

三、倒置的梦屋

天花板上多么安详！

那是协和广场。

——《睡在天花板上》

“我正入睡。我正坠入睡眠，我借助睡眠的力量坠落到那儿。就如我因疲惫入睡。就如我因厌倦入睡。就如我坠入困境。就如我普遍的坠落。睡眠总结了一切坠落，它聚拢这一切坠落。”这是让-吕克·南希的《入睡》的开篇。无论是这本书的法文原名（*Tombe de sommeil*）还是英译名（*The Fall of Sleep*）都清楚不过地彰显了睡眠与坠落、入眠与下降之间潜在的联系。在这一意义上，毕肖普可以被看作诗歌领域的睡眠研究者。着迷于睡眠这一动作的象征意义，琢磨着“入睡”带来的全新视角——或者说错视（trompl'oeil）视角——毕肖普一系列“睡觉诗”中的“我”像个不甘心乖乖入睡的小孩，在辗转反侧中观察着屋里的风吹草动，为自己编织一个绮丽而隐秘的新世界：

下面，墙纸正在剥落，

植物园锁上了大门。

那些照片都是动物。
遒劲的花儿与枝梗窸窣作响；
虫儿在叶底挖隧道。

我们必须潜入墙纸下面
去会见昆虫角斗士，
去与渔网和三叉戟搏斗，
然后离开喷泉和广场。
但是，哦，若我们能睡在那上方……
(《睡在天花板上》)

对一个拒绝合眼的睡眠者而言，寂静的天花板就成为人来人往的广场，头顶熄灭的水晶吊灯成为广场上倒立的喷泉，上面成为下面，“坠入睡眠”(fall into sleep) 成为“睡在那上方”(sleep up there)。世界在失眠者的眼皮中颠倒，或者失眠者有意倒置视轴，虚拟一个新鲜而充满活力的世界，来抵御睡眠中濒死的昏聩：

当我们躺下入眠，世界偏离一半
转过黑暗的九十度，
书桌躺在墙壁上

白日里斜卧的思想

　　上升，当别的事物下降，

　起立制造一片枝繁叶茂的森林。

梦境的装甲车，密谋让我们去做

　那么多危险的事……

（《站着入眠》）

那些乘坐梦境的装甲车，彻夜追踪消失房屋的孩子们，是所有害怕长夜的成年人为自己选择的睡前面具。毕肖普诗中的许多叙事者都有一个童稚的声音，“似乎打定主意要开开心心”（《寒春》），要铆足劲儿为梦中角色安排可以打发一整个夜晚的游戏——就像她满怀柔情描摹的众多玩具国：机械钟和雪城堡（《巴黎，早晨七点》）、釉彩皮肤的玩偶（《那些那么爱我的娃娃去了哪里》）、发条小马和舞蹈家（《冬日马戏团》）。可是圣诞玻璃球中纷飞的大雪虽然热闹，很快雪片就会降落完毕，落在丑陋而做工粗糙的地面，露出同样做工粗糙而笨拙的、孤零零的塑胶房屋。于是悲伤的、无法再变回孩子的失眠者躺在梦境的边缘许着愿，愿月亮这个“白昼睡眠者”能代替自己“把烦恼裹进蛛网，抛入水井深处”：

进入那个倒转的世界
那里，左边永远是右边，
影子其实是实体，
那里我们整夜醒着，
那里天国清浅就如
此刻海洋深邃，而你爱我。
（《失眠》）

入梦总是意味着危险，意味着也许再也无法醒来。在夜晚充当拯救手段的错视无法向清晨许诺任何东西。我们不禁要问，《爱情躺卧入眠》诗末那个睡过了头或者已经死去的人，拂晓时分看见了什么？当他的“脑袋从床沿耷拉下来 / 他的面孔翻转过来 / 城市的图像得以 / 向下滋生，进入他圆睁的眼眸 / 颠倒而变形”，属于黑夜的错视再次向属于白昼的透视付出了代价。

毕肖普或许深谙错视的有限性，在《野草》中彻底放弃了这种普鲁斯特式视角，放弃了悬浮在睡眠表面光怪陆离的轻盈花边，转而直接观看睡眠的深处：那虚空的漏斗，无意识的漩涡，那溺水之躯安息的河床。痛苦的失眠者不再挣扎于自我催眠与反催眠的拉锯，而是由昏明不定的

“入睡”坠入了暗无天日的“沉睡”，在那儿一如在神话中，睡神与死神是孪生兄弟，梦见死者就是死一次。《野草》如此开篇：“我梦见那死者，冥思着，/ 我躺在坟茔或床上，/（至少是某间寒冷而密闭的闺房）。”幽闭恐惧的场所适宜冥思（床，坟墓或者重生的摇篮），在那儿，哪怕最轻微的动静也“对每种感官都如 / 一场爆破般惊悚”，更何况：

一根纤弱的幼草
向上钻透了心脏，它那
绿色脑袋正在胸脯上频频点头
（这一切都发生在黑暗中）。
……
生了根的心脏开始变幻
（不是搏动）接着它裂开
一股洪水从中决堤涌出。
两条河在两侧轻擦而过，
一条向右，一条向左，
两股半清半浊的溪川在奔涌，
（肋骨把它们劈作两挂小瀑布）
它们确凿地，玻璃般平滑地
淌入大地精细的漆黑纹理。

这棵在类死的沉睡中钻透并最终劈开“我”心脏的野草，几乎就是南希下面这段话的最佳演绎：“睡眠是一种植物生长般的运作。我如植物般生长，我的自我成为了植物态，几乎就是一棵植物：扎根于某处，只被呼吸的缓慢进程贯穿，被那些在睡眠中休息的器官所从事的其他新陈代谢贯穿。”野草虽然如异物劈开心脏，但它本来就源自这颗心。正是“我”的过去，所有悲伤或欢喜的经验的总和，滋养着野草并任它蹿升，繁殖着叶片，从上面滴下璀璨的水珠，如同为一个濒死的人播放生前记忆的断片：“我因此能看见 /（或是以为看见，在那漆黑的处所）/ 每颗水珠都含着一束光，/ 一片小小的、缤纷点亮的布景；/ 被野草改变了流向的溪流 / 由疾涌的彩画汇成。/（就好像一条河理应承载 / 所有它曾映出并锁入水中的 / 风景，而不是漂浮在 / 转瞬即逝的表面上）。”沉淀的经验被锁入梦境的幻灯片，向睁着眼的熟睡者或无法安眠的死者播放一帧帧流动的彩画，直到再也无法忍受的“我”诘问：“你在那儿做什么？”野草的回答来得干脆而迅捷，“我生长，”它说，“只为再次切开你的心。”

至此，毕肖普在这首诗中传递的完全是打点计时器式的精确痛感，却滤尽了一切自怜自怨，反而有最清澈平静的表面。这也是毕肖普少量“暴露”自我的诗作的共性，其他时候，她的“我”总是极力保持着最大程度的退隐。在这一点上，她的确站到了以好友洛威尔为代表的自白派的反面，尽管她表面上很少反对他的诗歌主张。自白派的典型写法就是不浪费任何发生在自己和周围人身上的事，不浪费任何体会到的情感，玩味一切混沌、阴暗乃至邪恶心绪并致力于从中种出奇诡之花。实际上，洛威尔从来不是个一贯而终的自白派。但当他修改相伴二十三年的前妻伊丽莎白·哈德威克写给他的私信，并将它们写成十四行诗收入诗集《海豚》，毕肖普致信洛威尔，语调严厉地表达了反对态度：

> 这是“事实与虚构的混合”，而你还篡改了她的信。我认为这是“无比的恶作剧”……一个人当然可以把自己的生活当作素材——他无论如何都会这么做，但这些信——你难道不是在违背别人的信任？假使你获得了允许，假使你没有修改……诸如此类。然而，艺术并不值得付出那样的代价。（1972年3月21日）

我们无从判断毕肖普最后一句话的真诚性。毕竟，她的一生就是缓慢而沉静地为艺术付出代价的一生，以某种与洛威尔截然不同的方式。毕肖普在《地理学 III》的压轴诗之一《三月末》中提到一种“梦屋”：“我想一直走到我原梦的屋子，/ 我的密码梦幻屋，那畸形的盒子 / 安置在木桩上。”这种梦屋的变体，实际上早在《耶罗尼莫的房子》（“我的房子 / 我的童话宫殿”）、《六节诗》（“而孩子，画了另一栋不可捉摸的小屋”）、《一种艺术》（“看！我的三座 / 爱屋中的最后一座、倒数第二座不见了”）等诗中就已经含蓄地出现过，并在毕肖普译自奥克塔维亚·帕斯的《物体与幽灵》一诗中道成肉身：“树与玻璃的六面体，/ 不比鞋盒大多少，/ 其中可容下夜晚，和它所有的光……约瑟夫·康奈尔：在你盒中 / 有那么一瞬，我的词语显形。”装置艺术家约瑟夫·康奈尔用“纽扣、顶针箍、骰子、别针、邮票、玻璃珠”等日常器物制成的“康奈尔影盒”是一种迷你的梦屋，材质、形式与光影在其中交相变幻，毕肖普本人拥有一只并为之着迷。可以说，她将《物体与幽灵》收入《地理学 III》而非归入译诗专辑出版，这绝非偶然。这类梦盒 / 梦屋是一个诗人最重要的原初经验的总和，它们总是颠倒、畸形、写满密码，被安置在奇特的位置，光怪陆离而不可捉摸，恰似一个主动失眠者从躺卧的水平线、在梦境和潜意识的边缘所观察到的自己的房间。至此，毕肖普一系列“睡眠诗”（大多写于早期并且相对不受重视）

的启示已在一个新的维度上展开——梦屋虽然馆藏丰富，堆满现成的感受、故事、经验，某一类诗人却能够且宁愿选择不去动用它们：

> 我想在那儿退隐，什么都不做，
> 或者不做太多，永远待在两间空屋中：
> 用双筒望远镜看远处，读乏味的书，
> 古老、冗长、冗长的书，写下无用的笔记，
> 对自己说话，并在浓雾天
> 观看小水滴滑落，承载光的重负。
> (《三月末》)

这或许就是毕肖普为她的艺术付出的代价：就诗歌与生活的关系而言，不是“物尽其用”，而是“什么都不做，或者不做太多”。当然，一如她在给洛威尔的信中所写，毕肖普本人十分清楚，“一个人当然可以把自己的生活当作素材——他无论如何都会这么做”。但是，比起自白派挖掘乃至压榨自己及周围人情感矿脉的写作进路，谁又能说，谨慎地倾向于“不做太多”、看似挥霍无度的毕肖普，选择的不是一种更耐心、更自信，或许也更可靠的路数？最重要的念头往往诞生于闲暇，诞生于事与事的间隙，通过选

择表面的贫乏，诗人推开的那扇暗门或许恰恰通往丰富和无限。

四、动物园，岛屿病

群岛自上个夏天起就不曾漂移，
即使我愿意假装它们已移位。
——《北海芬》

毕肖普写了不少以动物为题的诗，其中不少是公认的杰作，比如《鱼》、《麋鹿》、《犰狳》、《矶鹬》、《人蛾》(假如幻想中的动物也算)、《粉红狗》等。散文诗《雨季；亚热带》和《吊死耗子》更是直接为我们描摹了一座生机勃勃又潜流暗涌的玻璃动物园，其中每只动物的眼睛都是其他动物的哈哈镜，映照出大相径庭却同等真实的他人和自我。在作为万镜楼台的动物园中，我的谜底是你的谜面，而他的寓意就是你的寓言。与中世纪彩绘动物寓言集（bestiary）传统中相对简纯、固定的象征系统——孔雀是基督的不朽，猎豹是神意的甜美，独角兽象征贞洁，羚羊警示酗酒的危害——不同，毕肖普诗中的动物们大多迷人而费解，既不属于此世也不属于彼世，仿佛从世界的罅隙中凭空出现，几乎带着神启意味，向人类要求绝对的注目。比如《麋鹿》中那只从“无法穿透的树林”中“赫然耸现”，走到路中央嗅着夜间巴士的发动机罩，令车上陷入梦乡或喃喃絮语的乘客“压低嗓门惊叹”的鹿：

巍峨，没有鹿角，
高耸似一座教堂，
朴实如一幢房屋
……
她不慌不忙地
细细打量着巴士，
气魄恢宏，超尘脱俗。
为什么，我们为什么感到
（我们都感觉到了）这种甜蜜
欢喜的激动？

或是《犰狳》中那只受惊于空中栽落的天灯，从峭壁中骤然闪现的贫齿目动物：

急匆匆，孤零零，

一只湿亮的犰狳撤离这布景，

玫瑰斑点，头朝下，尾也朝下

……

太美了，梦境般的模仿！

哦坠落的火焰，刺心的叫嚷

还有恐慌，还有披戴盔甲的无力拳头

天真地攥紧，向着苍空！

又或是《鱼》中与“我”对视的捕获物：

我看进他的眼睛

比我的眼睛大好多

但更浅，且染上了黄色，

虹膜皱缩，透过年迈的

损蚀的鳔胶的滤镜

看起来像被失去了光泽的

锡箔包裹。

鱼眼轻轻游移，但不是

为了回应我的瞪视。

这些普通又惊人的动物和人一样逡巡于地图表面，在海洋、陆地、天空的分界处游荡。虽然在人类的发动机罩、火焰、鱼钩面前显得如此脆弱，毕肖普笔下的动物实际上是比人类更自行其是和顽固的存在，属于人类从不曾企及的古老纪元和广袤空间，并将一直自行其是下去，无论人的命运最终如何演变。《犰狳》和《鱼》这样的诗或许饱含悲悯——某种权且可称为情同此心、物物相惜的情绪——以至于在《鱼》的结尾处“我把大鱼放走”。然而毕肖普对包括自己在内的人类内心这种频繁出现、反复无常、瞬时而可疑的柔软不抱任何幻想，也不做道德评判，她只是长久注视着动物们凌驾于理性之上的神秘乃至可怕的美，并且满足于知道这美将永远是个谜。这一点上，她没有偏离爱默生等美国超验主义者的足迹。在致她的第一位传记作者安妮·史蒂文森的一封家常信中，毕肖普也确实提起过：“我觉得卡尔（洛威尔）和我都是超验主义者的后人，虽然方式不同——但你可以不同意。”当动物涉入人世太深，以至于到了像《人蛾》的主人公（得名于“猛犸象”一词的误印）那样，不满足于“时不时罕见地造访地球表面”，却和人类一起夜夜搭乘列车进入城市的内腹，它们的处境和寓意都将变得暧昧而危险。它们将像人一样染上轮回之疾，“做循环往复的梦 / 一如列车下方循环往复的枕木”。它们的灵魂将像人类一样躁动不安，直到：

你抓住他
就把手电照向他的双眸。那儿只有黑瞳仁，
自成一整片夜晚，当他回瞪并阖上眼
这夜晚便收紧它多毛的地平线。接着一颗泪
自眼睑滚落，他唯一的财富，宛如蜂蜇。
他狡诈地将泪珠藏入掌心，若你不留神
他会吞下它。但若你凝神观看，他会将它交付：
沁凉犹如地下泉水，纯净得足以啜饮。

介于写实与虚构之间的“人蛾”无疑是个异类。而一旦进入纯然虚构的领域，毕肖普的动物往往呈现为一种安静的活风景，时而有入定的表象，时而是噩梦——关于永恒的孤独，关于永远被囚禁于真实或想象的岛屿的噩梦——的标点。在那首名为《克鲁索在英格兰》的美妙长诗中，搁浅的鲁宾逊·克鲁索同时变身为小王子和格列佛，终日坐在比自己小不了多少的火山口，无所事事，晃荡双腿，清点新爆发的火山和新诞生的岛屿，细看“海龟笨拙地走过，圆壳耸得高高，/发出茶壶般的嘶嘶声”，“一只树蜗牛，明艳的蓝紫色/蜗壳纤薄，爬过万事万物”，“所有的海鸥一齐飞走，那声音/就像强风中一棵巨树的叶片”。克鲁索越是思忖就越是深陷自由意志与宿命、一与多的迷局。他将火山命名为“希望之山”与“绝望之山”，试图解释自己和动物们共同的处境：“我听说过得了岛屿病的畜群 / 我想山羊们正是得了这种病。”只要孤绝之境尚有后路可退，尚有一线连接大陆的地峡，就还称得上一块称心如意的退隐地，称得上一座理想的观测站，就像《三月末》中那类“原梦的屋子”。但克鲁索的绝望在于不能在无垠的时空中确立自己的位置，并且岛屿本身无穷无尽：

……我会做
关于其他岛屿的噩梦，它们
从我的岛屿延展开去，无穷无尽的岛屿
岛屿繁衍岛屿，
如同青蛙卵变身为蝌蚪般的岛屿。
我知道，我最终不得不
住在其中每一座岛上，
世世代代，登记它们的植物群，
动物群，登记它们的地理。
……
我的血液中充满岛屿；我的脑海
养育着岛屿。

这是一类在地图上缺席的群岛，它们繁衍、流动、嬗变，无法被地形学捕捉，除非是在一个孤独成瘾者的心灵版图上。克鲁索在岛上并非全无慰藉，他用莓果酿酒，给用蜗牛壳堆成的鸢尾花圃读诗，吹奏长笛，欣赏水龙卷，给山羊胡子染色——要不是那些偶尔透露痛感、自怜和少许恶意的独白，你简直会以为他是一个陶渊明。可是那又如何？毕肖普拒绝美化任何生存处境，即使她在悼念洛威尔的《北海芬》一诗中再次点数那些实际上“不曾漂移”的群岛，“凫游着，如梦似幻，/向北一点儿，向南一点儿或微微偏向/并且在海湾的蓝色界限中是自由的”，即使她在《海景》中以超凡的耐心勾勒着“失重的海榄雌岛屿/那儿，鸟粪齐齐为明艳的绿叶镶边/像银质的彩画”，并称之为“恍若天堂”。克鲁索的旅程最终由虚入实，被过路的船只救到那名为英格兰的“另一座岛”，失去了他的火山和动物，失去了他的随身用品（捐给当地博物馆），失去了星期五。他老了，倦了，在另一座房屋里枯坐，读无趣的报纸，与曾经形影不离的旧刀相对，尽管“现在它完全不再看我/鲜活的灵魂已涓涓淌尽”。我们是否永远无法逃离我们所是，无论身处岛屿还是大陆？

五、反旅行或缝纫目光

想想漫长的归家路。

我们是否应该待在家里，惦记此处？

——《旅行的问题》

毕肖普一生在北与南间不断迁徙，足迹遍布各洲各城。早年从父亲那里继承的遗产使她大半辈子不必为工作操心，后期获得的奖项也常为她提供意外的旅行机会。1951 年，布利马大学颁给她一笔价值 2500 美元的旅游经费，她于是坐船前往南美环游，同年 11 月抵达巴西圣图斯港口。由于邂逅了此后成为她女友的建筑师萝塔 · 德 · 玛切朵 · 索雷思，原计划在巴西只待两周的毕肖普最终在彼得罗波利斯住了十五年。漫游癖（wanderlust）当然改写了她的一生，然而对那场宿命的抵达，毕肖普在诗集《旅行的问题》开篇第一首《抵达圣图斯》中是这么写的：

……哦，游客，

这国家难道就打算如此回答你？

你和你颐指气使的要求：要一个迥异的世界

一种更好的生活，还要求最终全然理解
这两者，并且是立刻理解
在长达十八天的悬空期后？

这种对“旅行迷思”——旅行作为启蒙，旅行作为对庸常生活的升华和荡涤，旅行被奉为拯救方式——的质疑和自我诘问在标题诗《旅行的问题》中进一步展开：

哦，难道我们不仅得做着梦
还必须拥有这些梦？
我们可还有空间容纳
又一场余温尚存、叠起的日落？
……
洲、城、国、社会：
选择永远不广，永远不自由。
这里或者那里……不。我们是否本该待在家中
无论家在何处？

可以说，毕肖普是在诗歌领域对“旅行迷思”发起全面反思的第一人。这种迷思部分地植根于近代欧洲开明绅士的培养传统（将云游四海作为青年自我教育的重要

环节），1960 年代在英国又与“间隔年”这种大受欢迎的亚文化形式相契。到了商品时代的今天，旅行的门槛消失，成本降低，愈发被赋予众多它本身无力担负的使命和意义，在厌倦日常现实却难觅出口的年轻一代中甚至获得了近乎宗教的地位。在这个旅行癖空前白热的时代重读出版于 1965 年的《旅行的问题》，我们会感慨于毕肖普的先知卓见——即使她的质疑首先是针对作为终生旅行者的自己：“是怎样的幼稚：只要体内一息尚存 / 我们便决心奔赴他乡 / 从地球另一头观看太阳？/ 去看世上最小的绿色蜂鸟？……可是缺乏想象力使我们来到 / 想象中的地方，而不是待在家中？/ 或者帕斯卡关于安静地坐在房间里的话 / 也并非全然正确？”本集中另一首不起眼的小诗《特洛普日志选段》——英国维多利亚时代最多产的小说家安东尼·特洛普同时是畅销游记《北美纪行》的作者——也对“作为旅游者的作家”这一形象做了戏谑而辛辣的解构。

实际上，旅行或曰反旅行甚至不是诗集《旅行的问题》真正的关键词，有评论家把《旅行的问题》称为毕肖普的《地理学 II》，把《北与南》称为《地理学 I》，并非全无道理。在一系列以旅行、观景为表象的风物诗中，毕肖普向我们呈现的是一种将外在世界于个体灵魂中内化的视角。不是她在那些超现实意味浓重的“睡觉诗”中采取的错视法，也不是现代透视法或巨细无靡的工笔画之眼（虽然有时候看起来像是后者），莫如说诗人以目光串起看似随机的景观，以游走的视线缝纫起地图的碎片——毕竟，世界地图（mappa mundi）在中世纪拉丁文中的原意是“世界之布”。“万事万物仅仅由‘和’与‘和’连接……看着看着，直到我们幼弱的视线衰微”(《两千多幅插图和一套完整的索引》)。在这张由目光缝起的地图上，那些线头打着结的地方就是关键事物的栖身之所。毕肖普要求我们跟随她一起凝神观看，虽然她很清楚，它们将永远秘而不宣，隐藏在这世界如画的皮肤深处。“诸多的一月，大自然迎接我们的目光 / 恰如她必定迎接它们的目光”(《巴西，1502 年 1 月 1 日》)；“颅骨中，你的眼睛是否庇护着柔软闪亮的鸟儿？……我将忍受眼睛并凝视它们”(《三首给眼睛的商籁》)；“视野被设置得 /（就是说，视野的透视）/ 那么低，没有远方可言”(《纪念碑》)；“亚瑟的棺材是一块 / 小小的糖霜蛋糕，/ 红眼睛的潜鸟 / 从雪白，冰封的湖上看它”(《新斯科舍的第一场死》)；“他跑，径直穿过水域，察看自己的脚趾——莫如说，是在观察趾间的沙之空间”(《矶鹬》)；“我盯着看，盯着看……直到万物 / 都成为彩虹，彩虹，彩虹！”(《鱼》)。全部的诗意就在于观察者目光的结点，而海洋、天空、岛屿、地图、地理学、北与南间辗转的旅程，也全部借由一对穿针走线的眼睛，细致而坚固地缝入，缝成我们的灵魂。

这不由得让人想起哈罗德·布鲁姆关于另一首“睡觉诗”《不信者》的著名观点。布鲁姆认为，《不信者》中的三个角色分别对应着三种类型的诗人：云是华兹华斯或华莱士·史蒂文斯，海鸥是雪莱或哈特·克兰，不信者则是狄金森或毕肖普，“云朵有强大的自省能力，它看不见海，只见到自己的主体性。海鸥更为幻视，既看不见海也看不见天空，只看到自己的雄心。不信者什么也没看到，却在梦中真正观察到了大海”。如果我们采取布鲁姆的提法，那么诗人毕肖普、隐者毕肖普、“不信者”毕肖普，恰恰是躺在最匪夷所思的地方，以最不可能的姿势，以她终身实践的“忘我而无用的专注”，窥见了我们唯一能企望的真实：

……他睡在桅杆顶端
眼睛紧紧闭上。
海鸥刺探他的梦境，
这样的梦：“我绝不能坠落。
下方闪耀的大海想要我坠落。
它硬如金刚钻；它想把我们全吞没。”

六、补记

这个中译本采用的底本是法勒、斯特劳斯和杰鲁（Farrar，Straus and Giroux）出版社为纪念毕肖普诞辰一百周年出版的两卷本《毕肖普诗歌散文全集》之《诗歌卷》（*Poems*），由同样获得过古根海姆奖的美国女诗人萨丝琪亚·汉密尔顿（Saskia Hamilton）出任编辑。《诗歌卷》不仅含毕肖普生前删定的《诗全集》（1969）以及此后出版的《地理学 III》的全部内容，还收录了她整个写作生涯期间未结集的诗作，仅以手稿形式存世的少作集《埃德加·爱伦·坡与自动点唱机》，以及她译自法语、葡萄牙语、西班牙语的诗歌。此书于 2011 年出版后即取代 1983 年 FSG 版《诗全集》，成为迄今最权威的毕肖普诗歌完本。除却译作不收，中译本包含《诗歌卷》的绝大多数内容，并原样保留分辑标题。与此同时，本书编辑经与译者商定后，为原书中“新诗”与“未收录之作”加上了标题。

中译本脚注分两类：一小部分特别注明为“全集注”，译自 2011 年汉密尔顿版《诗歌卷》脚注；其余未作标明的均为译者注，体例所限，无法逐条标出写作译注过程中查阅的资料，在此仅举几本比较重要的著作，供有兴趣的读者进一步阅读。它们包括：罗伯特·杰鲁（Robert Giroux）

所编《一种艺术：毕肖普书信集》(*One Art: Letters*)，其中收录了五百多封毕肖普写给玛丽安·摩尔、洛威尔等人的书信，日期从瓦萨学院时代直到她去世当天，可以说是我们了解毕肖普其人最可靠的一部“传记”；哈罗德·布鲁姆（Harold Bloom）所编论文集《现代评论：伊丽莎白·毕肖普》(*Modern Critical Views: Elizabeth Bishop*）为理解许多诗作的写作背景提供了详实资料；此外，巴西女作家卡门·奥莉薇拉所著传记《罕见而寻常之花》(*Flores Raras e Banalíssimas*，2002）以及上文提到过的书信集《空中词语》（*Words in the Air: the Complete Correspondence between Eizabeth Bishop and Robert Lowell*，2008）也是两本不可错过的精彩之作。

最后，在翻译策略上，我希望这个译本至少可以做到两点：一是在保证准确的基础上，尽可能还原毕肖普本身的语言风格；二是译诗作为诗歌能够成立。出于第一个考虑，我没有对原诗的语言做过多归化，没有试图使之“温暖治愈，平易近人”，因为这些品质本来与毕肖普无关；在不明显影响汉语表达效果的地方，也尽量保留了原诗的句序、分行、韵律，力求减少对原文的偏离。而第二个考虑，我只能将它交付给自己作为一个习诗者的语感。至于译本是否做到这两点，只能交由读者诸君评判。

译者希望能以汉语呈现一个尽可能本色的毕肖普，但也明白这类尝试注定充满缺憾。诚心期盼译本中可能存在的错漏得到方家赐正，使这种缺憾在未来逐渐减少。

包慧怡

2014 年夏，于都柏林猫房

目录

I

辑一
北与南

II

辑二

寒春

III

辑三
旅行的问题

IV

辑四
他们忘却了一些梦

V

辑五

地理学 III

VI

辑六

北海芬

VII

辑七
换帽子

VIII

辑八
埃德加·爱伦·坡与自动点唱机

I

辑一

北与南

（1946）

地图

陆地躺在水中；影影绰绰的绿。
阴影，或许是浅滩，在它的边缘
呈现长长的、遍生海藻的礁岩轮廓
那儿，自绿色中，海藻缠附于纯净的蓝。
陆地向下倾斜，或许是为了高高托起大海，
不动声色地曳着它，环绕自身？
沿着细腻的、棕褐多沙的大陆架
陆地是否从海底使劲拽着海洋？

纽芬兰的影子静静平躺。
拉布拉多呈黄色，在恍惚的爱斯基摩人
给它上油的地方。我们能在玻璃下爱抚
这些迷人的海湾，仿佛期待它们绽放花朵
或是要为看不见的鱼儿提供一座净笼。
海滨小镇的名字奔涌入海，
城市之名越过毗邻的山脉

——这儿，印刷工体会着同样的亢奋
当情感也远远超越它的因由。
这些半岛在拇指和其余手指间掬水
宛如女人摩挲一匹匹光滑的织物。

绘入地图的水域比陆地更安静，
它们把自身波浪的构造借给陆地：
挪威的野兔在惊惧中向南跑去，
纵剖图测量着大海，那儿是陆地所在。
国土可否自行选取色彩，还是听从分派？
——哪种颜色最适合其性格，最适合当地的水域。
地形学不会偏袒；北方和西方一样近。
比历史学家更精微的，是地图绘制者的色彩。

小练习

献给托马斯·爱德华·魏宁

想想风暴不安地在天空徘徊
像一只狗寻找入睡的地方，
听听它的咆哮。

想想它们如今的样子，海榄雌的
叶键平铺，对闪电无动于衷
在幽暗而经脉粗糙的植物科中，

那儿，偶尔会有一只苍鹭弄乱自己的发型，
抖抖羽毛，犹疑地评点一句
当周围水光闪耀。

想想林荫路，想想小棕榈树
都被捆成一束束，骤然彰显
像一撮跛行的鱼骨。

那儿正在落雨。林荫路
和它破损的、每道裂缝都生满野草的人行道
因被打湿而如释重负、等待新生的海。

现在暴风雨再次飘走，在一系列
微型的、照明不足的战斗布景中，
每一片都“在战场的另一处”。

想想睡在划艇底部的某人
被捆在海榄雌根上，或是桥桩上；
来，想想他毫发无伤，几乎没有受惊。

早餐奇迹

清晨六点，我们等待着咖啡，
等待咖啡，还有慷慨施舍的面包
它们会被供应在特定的阳台上，
——仿佛旧时代的国王，仿佛一宗奇迹。
天还没亮。太阳的一只脚
立稳在河面一道悠长的涟漪上。

这天的首班渡轮刚刚过河。
这么冷，我们希望咖啡是
热腾腾的，眼瞧着太阳
已无法使我们暖和；我们希望每个面包心
都是一整块面包，抹上了奇迹。
七点钟，一名男子走出，踏上阳台。

他在阳台上独自站了一会儿
视线越过我们头顶，看向河。

一名侍者将奇迹的材料递给他：
由一杯孤零零的咖啡，和一个
面包卷构成，他走上前，将其捏碎，
就是说，他的脑袋在云中——和太阳一起。

这人疯了吗？他在日光下
阳台上，到底想做什么！
每个人都得到一小块死硬的面包心，
一些人鄙夷地将它掸入河里，
在杯中，每个人都得到一滴咖啡。
我们中有些人四下站立，等待奇迹。

我能说出随后看见了什么；那不是奇迹。
一座美丽的别墅在日光中伫立
门中传来阵阵热咖啡的氤氲。
前面，有一座巴洛克白石膏阳台
再添上沿岸筑巢的鸟儿，
——我用一只眼贴近面包心，看见它——

还有画廊，还有大理石房。我的面包
我的大厦，由一宗历尽沧桑的奇迹

为我制成，由昆虫、飞禽，还有
冲刷卵石的河流。每一天，在日光中，
在早餐时分，我坐在阳台上
搁高脚丫，喝着一加仑一加仑的咖啡。

我们舔掉面包屑，吞下咖啡。
河对岸一扇窗上阳光闪耀
仿佛奇迹正发生在错误的阳台上。

睡在天花板上

天花板上多么安详！
那是协和广场[1]。
小小的水晶吊灯
已熄灭，喷泉陷入黑暗。
公园里悄无人烟。

下面，墙纸正在剥落，
植物园[2]锁上了大门。
那些照片都是动物。
遒劲的花儿与枝梗窸窣作响；
虫儿在叶底挖隧道。

---

1 Place de la Concorde，原义为法语。

2 Jardin des Plantes，位于巴黎五区，法国最大的植物公园，建于17世纪，国家自然历史博物馆七大分馆之一。

我们必须潜入墙纸下面
去会见昆虫角斗士，
去与渔网和三叉戟搏斗，
然后离开喷泉和广场。
但是，哦，若我们能睡在那上方……

卡萨比昂卡

爱是个小男孩，站在焚烧的甲板上[1]
试着背诵：“站在焚烧甲板上的
小男孩。”爱是那个结结巴巴
　　练习演说术的小儿，这当儿
　　可怜的船满身火焰，沉入大海。

爱是那固执的小男孩，那船只，
甚至那些游泳的水手，他们
也想要教室里的一方讲台啊，
　　或是一个留在甲板上的
　　借口。爱是着火的男孩。

1　1798年，尼罗河之战，“东方”号起火，军官卡萨比昂卡不愿弃船逃生，和他10岁的儿子一起随船爆炸身亡。“站在焚烧的甲板上”，说的便是这件事。

想象的冰山

我们宁肯要冰山，而不是船，
即使这意味着旅行的终点。
即使它纹丝不动地站立，如云遮雾绕的岩石
而整片海洋是涌动的大理石。
我们宁肯要冰山，而不是船；
我们宁肯拥有这片呼吸着的雪原
尽管船帆在海上片片平展
如未融化的积雪卧在水面。
哦，庄肃的、漂浮的雪原，
你是否意识到，一座冰山正与你
小憩，当它醒来就会吞噬你的白雪？

这片风景，水手愿用双眼交换。
航船被忽略。冰山升起
又再度沉没；它玻璃般的尖顶
修正天空中的椭圆。

这片风景中，任何登台的人
自然会锦心绣口。窗帘轻得
可以在凌空飞旋的雪花
形成的最细的绳上升起。
这些白色巅峰的智慧
与太阳争锋。冰山胆敢把它的重量
加诸一个变幻的舞台，并且站定了，凝望。

这座冰山从内部切割它的晶面。
如同墓中珠宝
它永久地救了自己，并且只装饰
自身，或许还有那些躺在海面上
令我们惊讶的落雪。
再会，我们说，再会了，船只驶去
在波浪屈服于彼此的波浪之处
在云朵奔驰于更温暖的天空之处。
冰山要求灵魂
（两者都由最不可见的元素自我生成）
去这样看待它们：道成肉身、曼妙、矗立着，难以分割。

韦尔弗利特[1]涉水

在某场亚述战争中
一辆战车首先见到那光
在它车轮周围酝生利刃。

那辆来自亚述的战车
机械地隆隆滚下
要把战士们逮个正着。

海洋中的一千名战士
都无法想象这场战争
是大海自己精心策划的

只是未及付诸行动。

---

1 韦尔弗利特（Wellfleet），马萨诸塞州海滨小镇，毕肖普少女时代常去的夏令营度假地。

这个早晨的微光揭示了
海洋“完全是一箱匕首”。

他们躺得这么近，被晒焦，
轮辐直指胫骨。
战车的正面蓝色而巨大。

战争全然取决于波浪：
他们试图回转，可是车轮
崩坍了；无法承受这重量。

空气越冷

她完美地瞄准，我们必须赞赏
这冬日空气的女猎手
她水平的武器无须校准，
若非无论在何处，她的
狩猎精确，每击必中。
我们之间最不中用的那个也能做到。

白垩色鸟儿或小船静止不动，
为她减少意外的状况；
空气的画廊同等标出
她视线的狭长画廊。
她眼中的靶心同样
也是她的意志与目标。

时间在她口袋里滴答作响
在失速的某一秒上。她不会

咨询时间或情境。她向大气层
呼祷她的结局。
（正是这只钟，后来坠落在
齿轮间，在树叶与云朵的报时声中。）

夜间空气

从魔术师的午夜袖管中
　　无线电歌者
分派他们所有爱的曲调
至露珠洇湿的草甸。
　　他们刺透骨髓的预测
仿佛算命人，你相信是怎样就怎样。[1]

但我在海军船厂的天线上
　　找到了夏夜之爱
更好的见证人。
五盏渺远的红灯
　　在那儿筑巢；凤凰静静地
焚烧，在露珠无法攀爬的地方。

1　原诗韵脚为 abccba，译诗依样保留。

铁路

独自走在铁轨上
　　我的心怦怦作响。
枕木彼此靠太近
　　或许又太过疏离。

风景一片贫瘠：
　　威忌州松和橡树；
越过灰绿掺杂的枝叶
　　我望见一小塘水

邋遢的隐士住在那，
　　躺卧如一颗陈年泪
年复一年，清澈地
　　坚守住它的伤口。

隐士叩响了猎枪

　　树在木屋边摇晃。

池塘上散开涟漪

　　宠物母鸡咯咯叫响。

“爱情必须付诸行动！”

　　老隐士尖声叫唤。

池塘那头一阵回声

　　反复努力将之确认。

夏洛特绅士[1]

哪只眼睛是他的？
哪条腿或手臂
卧于镜旁？
因为两者
都不比对方清晰
颜色也一样，
都没有在这座
腿与腿

1 此诗标题“The Gentleman of Shalott”，派生自英国桂冠诗人阿尔弗雷德·丁尼生（Alfred Tennyson）的名诗《夏洛特女士》（*The Lady of Shalott*）。受了诅咒的夏洛特女士必须在岛上塔楼中编织美丽的壁毯，并且只能透过镜子观看外面的世界，否则就会死去。一日她在镜中看到潇洒的兰斯洛爵士经过，忍不住丢下活计望向窗外，此刻镜子碎裂，诅咒生效，夏洛特女士躺入一只小船，顺河漂至兰斯洛和亚瑟王的宫殿卡米洛，并在抵达前死去。丁尼生原诗取材自中世纪亚瑟王传奇中少女艾莲娜的故事，该诗备受拉斐尔前派画家的喜爱，约翰·沃特豪斯、威廉·亨特等人都有不少以“夏洛特女士”主题的画作。该诗常被理解为对艺术家与世界关系的一种隐喻，毕肖普此诗或许亦有此意。

与手臂等等的装置中
遇到什么陌生人。
在他脑中
它是某片镜中倒影
的迹象
沿着那条被我们
称作脊椎的线条。

他感到在谦逊中
自己的身体
一半是镜子，
他为何要
变成双重的？
镜子必须向下伸张
顺着他的腰
或顺着边缘。
但他拿不准
哪边是镜子内部
哪边是外部。
犯错的空间很小，
却也缺乏证据。

如果他的头颅只映出一半，
思想，他暗忖，大约会受影响。

但他已经向
这种实惠的设计缴械。
如果镜子滑脱
他会处境维艰——
只剩一条腿等等。但
趁着镜子尚未开裂
他可以走，可以奔跑
他可以用这只手
扣住那只手。他说
这份不确定

令他亢奋难耐。他爱那
处于持续调整中的感受。
他希望有人引用他此刻的话：
“一半就足够。”

硕大糟糕的画[1]

忆起了美丽岛海峡或者
拉布拉多某片北方港湾
在他成为一位教师前
舅公挥就一张大画。

向两侧各撤退数英里
进入一片涨红而静止的天空
那是高达数百英尺的
苍蓝色悬崖，

它们的基座点缀着小小的拱，

---

1 指毕肖普的舅公乔治（George Wylie Hutchinson）少年时代的一幅风景习作，主题是加拿大东部的美丽岛海峡（Strait of Belle Isle，也称拉布拉多海峡）附近的海岸线风光，与他的其他风景画一起挂在毕肖普度过童年的新斯科舍“人村”家中，后者对它们很有感情，曾在一次访谈中说：“我爱它们，虽然它们作为绘画并不出色。”

岩洞的入口
沿着海平面一路飞奔
被完美的浪花遮盖。

在那安静的水面中央
泊着一队小小的黑船，
横帆收拢，纹丝不动，
桅杆像烧焦的火柴梗。

远在它们之上，越过高耸的峭壁
那半透明的阵列，
堤岸上草草刻着数百只
高悬成“n”的小黑鸟。

可以听见它们悲鸣，悲鸣，
——此处唯一的声音
除了一头呼吸的大海兽
时不时发出的叹息。

在那粉色光中
小小的红日滚动，滚动，

一圈又一圈，以同样的高度
转成一场永恒的日落，理解并慰藉着……

而船儿把它忖度。
看起来它们已抵达目的地。
很难说是什么将航船带来此处，
沉思，还是贸易。

从乡村到城市

长长的，长长的腿
数里格靴的陆地，不把城市带往任何地方
任何地方；我们行驶的
路线（小丑长裤和
裤袜上的丝缎条纹）；
他固若金汤的箱子披挂碎布，涂满了
无意义的记号；
他影影绰绰、高高的丑角帽；以及
他最棒的表演奇观——
脑袋浮现，顶着“大获全胜”的冠冕
透过帽子闪闪发光
佩戴的珠宝正忙着啮合一顶顶皇冠
金碧辉煌。
当我们靠近，最邪恶的小丑，你的心和脑袋，
我们可以看到
你大脑璀璨闪亮的构造，现在是由

美人鱼般端坐的
摄人魂魄的塞壬组成，每一位都挥舞着手镜；
而我们被
关卡上空，电话线中一串轻微的杂音
吓了一跳。
一簇短短的、闪光的电线似乎在侧向飞翔。
它们可是鸟儿？
它们又闪了一次。不，它们是你紧攥
并敲击镜框的
调音叉的振动，接着一连几英里画出你的梦想，
向着乡村的方向。
我们从绵延的黑长身躯那儿带来口信：
“退下吧。”它一再恳求。

人蛾[1]

　　　　这儿，上方，
楼房的裂口注满敲碎的月光。
人类的整个影子只有他的帽子那么大。
躺在他脚边，像一个供玩偶站立的圆，
一枚倒立的回形针，针尖被月亮磁化。
他没看见月亮；只观察她广袤的领地，
感觉他手上奇异的光芒，不暖也不冷，
一种温度计无法记录的体温。

　　　　可是当人蛾

---

1 本诗标题原文为“The Man-Moth”，Man-Moth 为猛犸象（mammoth）一词的错印。——全集注
毕肖普在《关于〈人蛾〉》一文中提道：“‘猛犸’原来要指什么，我已经忘了。但那个印刷错误似乎是注定为我准备的。来自《纽约时报》的一则神谕——至少在某一时刻——好心地为我解读着纽约市。”该文收入保罗·恩格尔（Paul Engle）与约瑟夫·兰格朗（Joseph Langland）所编的《诗人的选择》（*Poet's Choice*）一书。——译注

时不时罕见地造访地球表面，
月亮在他眼中迥然不同。他从
人行道边缘下方一个窨井爬出
紧张地开始测量建筑的脸。
他认为月亮是天顶上一个小眼，
证明天空作为庇护所毫无用处。
他在颤抖，但必须尽可能爬向高处探测。

在楼房正面，
他的影子曳在身后，如摄影师的黑布
他战战兢兢地爬，认为这次终能顺利
将自己的小脑袋推出那个纯净的圆口
强行挤入裹在光上的漆黑卷轴，如同通过
试管（站在下方的人类没有这类幻觉）。
但人蛾必须做他最恐惧的事，虽然
他必然失败，惊惶摔落却毫发无损。

接着他回到
姑且称为家的苍白水泥隧道。他来回翩跹，
拍打翅膀，却无法登上那于他相宜的
急遽而沉默的列车。车门迅速关上。
人蛾总是坐在朝向错误的位置上

列车立刻全速启动，那可怖的速度，
没有换挡，也没有任何渐进加速。
他无法辨认自己倒退的速率。

　　　　　每晚他必须
被带入人工隧道，做循环往复的梦。
一如列车下方循环往复的枕木，躺在
奔涌的思绪下。他不敢看向窗外
那第三根铁轨，不间断的毒风，
吹过身旁。他将它看作一种
天生易染的疾病。人蛾必须把手
放进口袋，就像其他人必须戴围巾。

　　　　　若你抓住他
就把手电照向他的双眸。那儿只有黑瞳仁，
自成一整片夜晚，当他回瞪并阖上眼
这夜晚便收紧它多毛的地平线。接着一颗泪
自眼睑滚落，他唯一的财富，宛如蜂蜇。
他狡诈地将泪珠藏入掌心，若你不留神
他会吞下它。但若你凝神观看，他会将它交付：
沁凉犹如地下泉水，纯净得足以啜饮。

爱情躺卧入眠

拂晓时分，变幻着所有
跨越苍穹的、从星屑到星辰的轨道，
　　把路的尽头
　　与光之列车焊合

如今，它将床上的我们拽入白昼；
把脑中的重负清扫出去：
　　熄灭那些漂浮、膨胀、
　　灼烁的霓虹

把那些粉的黄的，字母或抽搐的符号
扫下双眼之间灰色的大道。
　　宿醉的月亮，渐亏，渐亏！
　　隔窗我望见

一座巨型城市，谨慎地揭幕，

在过分雕琢中变得纤弱，

　　细节叠着细节，

　　檐口叠着外壁，

如此懒洋洋地升起，进入一片

虚弱而苍白的天空，它似乎在波动。

　　（城市在那儿缓慢生长

　　在水玻璃的众天穹中

从熔凝的铁珠子，以及黄铜水晶球中；

这小小的、罐子里的化学“花园”

　　轻颤着，再次立起来，

　　苍蓝，青绿，砖红。）

麻雀们匆促地开始嬉戏。

接着，在西方，轰隆一声，烟云蒸腾。

　　“轰隆！”爆炸的花骨朵之球

　　再次怒放。

（对所有受命照料植物的雇工

这声音意味着“危险”，或曾意味着“死亡”，

他们在梦中辗转，感到
短短的汗毛直立

在颈背上。）烟云飘逝。
一件衬衫被取下丝状晾衣绳。
沿着下方的街道
运水车前来

甩动它嗞嗞作响、霜雪般的风扇
掠过果皮和报纸。水痕风干
浅的干，深的湿，
冰西瓜的纹路。

我听见清晨罢工的白日喷泉
来自石墙，厅堂，铁床，
溅散或汇聚的小瀑布，
为预料之中的事鸣响警钟：

身兼一切人称的古怪爱神起床，
人们将终日为之准备晚餐，
你将大吃特吃

　　在他心上，这个他，那个他，

所以深情地遣他们为你做事吧，
在街上拖着他们独一无二的爱。
　　只用玫瑰鞭笞他们，
　　动作要轻如氦气，

因为白昼总会莅临其中一个或数个
他的脑袋从床沿耷拉下来
　　他的面孔翻转过来
　　城市的图像得以

向下滋生，进入他圆睁的眼眸
颠倒而变形。不。我是说
　　变形，并且示现
　　若他果真看见。

巴黎，早晨七点

我造访公寓里的每一座钟：
一些指针戏剧性地指向一方
另一些指向别处，在无知的钟面上。
时间是一颗星[1]；时辰如此分岔
以至白昼是环绕郊区的旅行，
环绕着星星的圆，彼此重叠的圆。
冬季气候短促的半音阶
是一只鸽子展开的羽翼。
冬日栖居在鸽翼下，羽毛潮湿的死翅。

俯瞰那庭院。所有的房屋
都那样筑成，装饰性骨瓮
固定在双斜坡屋顶上，鸽子们
在那儿散步。朝屋里看

---

1 Time is an Etoile，原文为英语夹杂法语。

就像一次检视，或回溯，
长方形里的一颗星，一场追忆：
这中空的广场本可轻易安在那里。
——童稚的雪堡，造于更浮华的冬季，
本可以满足这些比例而成为房屋；
宏伟的雪堡，四五层楼那么高，
忍受春日，就如沙堡忍受潮汐，
它们的墙，形状，不会融化而死去，
只会在坚实的锁链中交叠，变为石头，
像眼下这些墙般变灰又变黄。

军火在哪里？高高堆起的炮弹
以及被星辰击裂的冰之心脏在哪里？
天空不是信鸽暨战鸽
逃离无穷交错的圆圈。
而是一只死鸽子，或是死鸽子栽落的天空。
骨灰瓮捕捉他的灰烬或羽毛。
星星何时融化？它是否已被一列列
方块、方块、圆圈、圆圈捕捉？
那些钟能否回答；它在下面吗，是否
正要一头栽入雪中？

奥尔良码头

献给玛格丽特·米勒

河上的每条驳船都轻易拖曳出

　　宽阔的水痕，

一大片橡叶的灰光落在更为

　　寡淡的灰上；

它身后真正的树叶浮游而过，

　　顺流入大海。

硕大的叶片上水银的叶脉，

　　那些涟漪，扑向

码头侧岸，好在防波堤上

　　熄灭自身，温柔

宛如流星向天空中的一点

　　奔赴自己的末路。

一簇簇小叶子，真叶子，追踪它们，

　　漂流而过

同样谦逊地消失于海底那些

溶解的殿堂。
我们静如磐石地站着，注视着
树叶和涟漪
当光与紧张的水面持续着
它们的交谈。
“如果我们所见之物忘记我们，”
我想对你们说，
“能像忘了自己一半轻松——但我们终生
摆脱不了树叶的化石。”

不信者

他睡在桅杆顶端。——班扬[1]

他睡在桅杆顶端
双眸紧闭。
船帆在他身下飘走
一如他的床单
在夜间空气里遗落眠者的脑袋。

在睡梦中他被送去那里
在睡梦中蜷缩
在桅杆尖端一只镀金球里，
或是爬入

1 约翰·班扬（John Bunyan），英国作家、布道家。其在狱中写就的讲述基督徒及其妻子先后寻找天国的经历的作品《天路历程》（*The Pilgrim's Progress*），被誉为“英国文学中最著名的寓言”。

一只镀金的鸟儿，或是茫然跨坐。

“我被奠立在大理石柱上，”
一朵云说，“我从不动弹。
看见那儿海中的立柱吗？”
安心地自省着
他凝望自身倒影的水柱。

一只海鸥在他羽翼下
拥有羽翼，并说空气
“像大理石”。他说：“在上方
我高耸入云，为取得
凌霄飞翔所需要的大理石翅膀。”

但他睡在桅杆顶端
眼睛紧紧闭上。
海鸥刺探他的梦境，
这样的梦：“我绝不能坠落。
下方闪耀的大海想要我坠落。
它硬如金刚钻；它想把我们全吞没。”

纪念碑

现在，你看见纪念碑了吗？木制的
造得有点像箱子。不。造得
像一摞箱子，越往上
越小的箱子。
每个都半转过来，箱角
对准下方箱子的边缘
角度轮流交替。
顶部的立方体上装着
一块状如百合花的风化木头，
修长的木花瓣上打着奇数孔，
朝向四方，僵硬而神圣。
从中伸出四根弯曲的细杆
（像鱼竿或旗杆一般倾斜）
从中垂下拼图般的饰物
切面模糊的四条
越过箱子的边角

垂至地面。
纪念碑的三分之一
面朝大海；三分之二朝着天空。
视野被设置得
（就是说，视野的透视）
那么低，没有远方可言
我们待在这视野中的远方。
一片狭长的、水平木板汇成的海
躺在我们孤独的纪念碑后，
它修长的槽纹左右交错
如同地板——斑驳，安静地云集
纹丝不动。天空平行奔涌
龟裂的日光和纤维悠长的云
是天空的围篱，比海的围篱更粗粝。
“那片奇异的海为何这般安静？
是因为我们距离遥远吗？
我们在哪里？我们是在小亚细亚
还是蒙古？”
　　一片古老的海岬，
一座古老公国的艺术家亲王
或许想建造一座纪念碑

来标记陵墓或国界，或者开辟一片
忧伤或浪漫的风景……
“但那诡谲的大海似乎是木造的，
一半波光粼粼，像一片浮木之洋。
天空看起来也是木质的，云是它的纹路。
像一片舞台布景；一切都那么瘪平！
那些云里藏满了闪光的裂片！
那是什么？”

是纪念碑。

“是堆叠的箱子，
以拙劣的回饰为轮廓，一半垂下，
破裂，油漆剥落。看起来年代悠久。”
——炽烈的阳光，来自海境的风，
所有它存在的条件，
都可能使油漆剥落，假如曾有过漆，
令它比过去更加其貌不扬。
“你为什么把我带来看这个？
难解的风景中一座板条箱的庙宇
又能证明什么？
我已厌倦了呼吸这腐蚀的空气，
这使纪念碑不断开裂的干燥。”

这是一件木头的
工艺品。木头是比单独的
海洋、云朵或黄沙更好的黏合剂。
它选择那样生长，不再动弹。
纪念碑是一件物品，但那些漫不经心
钉上去的装饰，看起来什么也不是；
却泄露了自己有生命的秘密，希冀着
想要成为一座纪念碑，去珍惜点什么。
当日光每天一次环绕她
如一只潜行的兽，
或者雨落在它上面，或者风吹入它内部
连最潦草的蜗纹也说着：“铭记”。
它或许实心，或许中空。
艺术家亲王的骸骨或许收在其中
或许埋骨于更干燥遥远的土地。
它虽然简陋却足够庇护
腹里的东西（毕竟那内容
不可能打算被人看见）。
这是一幅绘画的起点，
一座雕塑，一首诗，一座纪念碑的起点，
都是木质。看仔细。

冬日马戏团[1]

掠过地板的机械玩具，
适合数世纪前的国王。
杂耍的小马儿生着真的银鬃。
他眼睛漆黑泛着光。
他背驮一名小舞蹈家。

她踮脚立着，旋转又旋转。
一大束歪斜的假玫瑰
缝在她的裙裾和金银丝胸衣上。
她在头顶高举着
另一束假玫瑰。

1 Cirque d'Hiver，标题原文为法语。

他的鬃毛和尾巴径直来自基里科[1]。
他的灵魂严肃又忧愁。
他感到她粉色的脚趾向他背部摆荡
绕着那根小小的
刺穿她身体和灵魂的轴

那轴也刺穿他，从他的腹部
再度出现，形成一把大大的锡匙。
他慢跑三步，鞠个躬，
再慢跑，然后鞠躬，单膝着地，
慢跑，咔嗒一声停下来，看着我。

这时舞者已经转身。
迄今为止是他更聪明。
绝望地面对彼此——
他的眼眸宛如星辰——
我们面面相觑说："好了，已经走了这么多路。"

---

1 乔治·德·基里科（Giorgio de Chirico），希腊裔意大利画家，与未来派画家卡罗·卡拉共同创建形而上学画派。其作品充满神秘象征与幻象，成为后来的达达主义及超现实主义先驱之一。

耶罗尼莫的房子

我的房子，我的
　童话宫殿
由容易腐烂的
　墙板所造，总共
只有三间屋，
　我灰色的蜂巢
由嚼烂的纸浆
　黏上痰制成。

我的家
　我的爱巢
有一座
　木花边晒台
装饰着种在
　海绵中的蕨
前厅装饰着

红红绿绿的

旧年剩下的
圣诞饰品
在我小小的
漆成蓝色的
藤编的
中央餐桌上
从角落
汇聚到正中，

四张蓝色椅子
以及一段韵事
为最小的婴儿准备
一只托盘
盛着十颗大珠子。
然后是墙上
两把棕榈叶扇子
和一面挂历

还有桌上的

一条煎鱼
洒满火辣辣的
鲜红酱汁，
一个小碟子
盛着玉米粒
四朵用餐巾
折的纸玫瑰。

我还在钩子上
挂了一只
老旧的法国号
用铝涂料
重新油漆过。
每年我都在
花车游行中
为何塞·马蒂演奏。

夜里你会以为
我家已废弃。
走近些。你
可以看见

听见信纸上
　字里行间的光芒，
还有收音机的
　各种声响

弗拉明戈舞曲
　在乐透彩的
数字中央歌唱。
　当我搬家时
就取走这些东西
　别的不取太多，
从我抵御飓风的
　庇护所。

野草

我梦见那死者，冥思着，
我躺在坟茔或床上，
（至少是某间寒冷而密闭的闺房）。
在寒冷的心中，它最后的思想
冰封伫立，画得巨硕又清晰，
僵硬闲散一如那儿的我；
而我们并肩保持不动
一整年，一分钟，一小时。
突然，那儿有了动静
那儿，对每种感官都如
一场爆破般惊悚。接着它落下
转为迫切而谨慎地蠕行
在心之领地，
从绝望的睡眠中将我戳醒。
我抬起头。一根纤弱的幼草
向上钻透了心脏，它那

绿色脑袋正在胸脯上频频点头
（这一切都发生在黑暗中）。
它长了一英寸，像青草的尖刃；
然后侧边蹿出一片叶子
一面扭曲而飘摇的旗帜，接着
两片叶子摇曳成一种旗语。
草茎变粗了。紧张的神经根
伸展至每一侧；优雅的脑袋
神秘地挪动了位置，
既然那儿既没有太阳也没有月亮
吸引它年幼的注意力。
生了根的心脏开始变幻
（不是搏动）接着它裂开
一股洪水从中决堤涌出。
两条河在两侧轻擦而过，
一条向右，一条向左，
两股半清半浊的溪川在奔涌，
（肋骨把它们劈作两挂小瀑布）
它们确凿地、玻璃般平滑地
淌入大地精细的漆黑纹理。
野草几乎要被冲走；

它与那些叶片苦苦挣扎，
高举着它们，凝重的水滴是叶之流苏。
好几滴落到我的面孔上
滚入我的双眸，我因此能看见
（或是以为看见，在那漆黑的处所）
每颗水珠都含着一束光，
一片小小的、缤纷点亮的布景；
被野草改变了流向的溪流
由疾涌的彩画汇成。
（就好像一条河理应承载
所有它曾映出并锁入水中的
风景，而不是漂浮在
转瞬即逝的表面上。）
野草端立在割开的心中。
“你在那儿做什么？”我问。
它抬起湿漉漉、不断滴水的头
（是我的念头将它打湿？）
然后回答：“我生长，”它说，
“只为再次切开你的心。”

海景

这绝美的海景，白色苍鹭如天使立起，
想飞多高就多高，想飞多远就多远
在层层叠叠、纯洁无瑕的倒影里；
整片海域，从最高的那只苍鹭
到下方失重的海榄雌岛屿
那儿，鸟粪齐齐为明艳的绿叶镶边
像银质的彩画，
再到下方海榄雌根隐约形成的哥特拱顶
以及后方曼妙的豆绿色牧场
那儿，时不时有鱼儿跃起，宛如一朵野花
在装饰性的喷花之雾中；
拉斐尔为教皇的织锦创作了这幅草图：
看起来的确恍若天堂。
可是，一座形销骨立的灯塔
穿着黑白教士袍矗立在那儿，
他靠胆魄维生，自以为见多识广

以为地狱在他的铁蹄下咆哮，

以为这就是浅处的水如此温暖的原因，

并且他知道，天堂与此决然不同。

天堂不像飞翔，也不像游泳，

天堂与黑暗有关，与一道强光有关

天黑时分，他会记得一些

关于这一主题的、措辞激烈的话语。

站着入眠

当我们躺下入眠，世界偏离一半
　　转过黑暗的九十度，
　　书桌躺在墙壁上
白日里斜卧的思想
　　　　上升，当别的事物下降，
　　起立制造一片枝繁叶茂的森林。

梦境的装甲车，密谋让我们去做
　　那么多危险的事，
　　　　在它的边缘发出突突声
全副伪装，随时准备涉过
　　　　最湍急的溪流，或爬上剥落的
页岩的矿层，当杯盘与礼服窸窣作响。

——通过炮塔的缝隙，我们看见碎砾和卵石
　　躺在铆合的侧翼下

躺在绿森林的地板上，

像那些聪明的孩子白天放在门旁

方便夜间跟踪的记号

至少，有一晚是这样；驾着丑陋的坦克

我们通宵追击。有时它们消失不见，

在青苔中溶解，

有时我们追得太快

把它们碾碎。多么愚蠢，我们

彻夜驾驶直至破晓

却连房屋的影子也没找到。

鱼

我抓住一条大鱼
把它拽到船边
一半离开水，我的钩子
深深穿过他的嘴角。
他没有反抗。
他完全没有反抗。
他悬空，一种呼噜噜的重量
遍体鳞伤，不可轻亵
朴实无奇。这里，那里
他棕色的皮肤成条垂挂
像古老的墙纸，
他深棕色的纹样
像墙纸：
形状像全然盛开的玫瑰
在岁时中被玷污，失落。
他浑身缀满了藤壶，

精致的欧椴玫瑰痣，
细微的白色海虱
寄生其间，
下方，两三丛绿海藻
稀稀落落地耷拉着。
而他的腮正吸入
恐怖的氧气
——令人惊惧的腮
染了血，新鲜生脆，
可以深深切割——
我想到生白的鱼肉
如羽毛般包装整齐，
大骨头，小骨头，
他闪亮的内脏
那夸张的红与黑，
还有粉红色鱼鳔
像一朵硕大的牡丹。
我看进他的眼睛
比我的眼睛大好多
但更浅，且染上了黄色，
虹膜皱缩，透过年迈的

损蚀的鳔胶的滤镜
看起来像被失去了光泽的
锡箔包裹。
鱼眼轻轻游移，但不是
为了回应我的瞪视。
——更像是某样事物
向着光芒倾斜。
我赞赏他肃穆的面庞，
他下颚的构造，
接着我看见
在他的下嘴唇上
——如果能称之为嘴唇——
阴郁、潮湿、形如武器
悬挂着五条旧鱼线，
或是四条，加一条钢丝
上面还连着旋轴，
所有五只大钩子
都牢牢穿入他的嘴。
一条绿线，末端磨损
是他挣断的地方，两条更粗的
还有一条纤细的黑线

依然卷着褶，那是他挣断线头
逃离时的拉拽造成。
就如奖牌的缎带
起毛，摇曳着
五根一簇的智慧胡子
从他痛楚的下颚蔓生。
我盯着看，盯着看
战利品堆满了
租来的小船，
从舱底的积水
——那儿机油扩散成彩虹
环绕生锈的引擎
——到锈成橘色的泥浆泵，
日光晒裂的划手座，
挂在绳上的划桨，
到舷缘——直到万物
都成为彩虹，彩虹，彩虹！
我把大鱼放走。

首语重复

纪念玛格丽·卡尔·史蒂文斯

每天以如此盛大的仪式
开场，以飞禽，以铃铛，
以来自工厂的汽笛；
我们刚睁开眼就见到
这白金色的天空，这辉煌的墙壁
以至于有一刹那，我们纳闷
“这音乐来自何方，还有这能量?
白昼是为何种妙不可言的造物而备
我们却注定错过?”哦，他及时
现身，顿时披上了尘世的秉性
　　顿时沦为
　　漫长诡计的受害者，
　　承担起记忆，还有致命的
　　致命的倦怠。

更加缓慢地落入视野
向点彩斑驳的面孔落一阵雨，
昏沉着，冷凝着他所有的光；
尽管那种眼神
把那么多幻梦挥霍在他身上，
忍受着我们的利用和滥用，
下沉，穿过漂游的躯体，
下沉，穿过漂游的阶级
沉入暮色，沉入公园里的乞丐
他，疲惫地，没有灯光或书本
　　准备着惊人的研究：
　　每日如火如荼的
　　事件，在无尽的
　　无尽的应允中。

库切

库切，露拉小姐的用人，躺在泥灰里，
从黑色变成白色
　　她降到珊瑚礁表层下。
她的一生消耗在
　　照料耳聋的露拉小姐上，
库切在厨房水槽里吃饭
当露拉在厨房餐桌上用餐。
天空为这葬礼变作蛋白色
　　而人们面色惨淡。

今夜月光会减缓
种在填满沙粒的锡罐里的
　　粉红蜡玫瑰的消融，它们
排成一列，标志着露拉小姐的损失；
　　可是谁会尖叫，谁会让她明白？
寻遍陆地与海洋，寻找另一个人，

灯塔会找到库切的坟墓

将一切当作琐事打发；绝望的大海

　　会献出一波接一波的浪花。

II

辑二

寒春

（1955）

∞

献给安妮·褒曼博士

致纽约

献给露易丝·克莱恩[1]

下一封来信里，我希望你说说
你要去往何方，正在做什么；
戏怎么样，看完戏以后
你还要寻找什么别的乐子。

深更半夜搭上计程车，
一路飞驰，像要拯救你的灵魂
那儿，道路绕着公园盘旋又盘旋
计程表闪耀如德高望重的猫头鹰，

---

1 露易丝·克莱恩（Louise Crane），美国慈善家，艺术支持者。百万富翁兼前马萨诸塞州州长温斯洛普·克莱恩的千金，母亲是纽约现代艺术博物馆（MOMA）创立人之一约瑟夫·波德曼。20 世纪 30 年代与毕肖普在瓦萨学院成为同学和恋人，两人结伴云游欧洲，并于 1937 年在佛罗里达州基韦斯特一起购置房产。毕肖普住在基韦斯特时，克莱恩时不时返回纽约。克莱恩亦是田纳西·威廉斯、玛丽安·摩尔等纽约一线作家的好友，玛丽安·摩尔身后的遗嘱执行人。

树木看起来那么诡异，那么绿
孤零零地站在巨大的黑色岩洞中
突然之间，你抵达别处
那儿，万物都像发生在波浪中，

大部分玩笑你就是听不懂，
如同从石板上擦去的污言秽语，
歌声响亮，却又暗淡莫名
而时间已经晚得不像话，

当你走出褐沙石住宅
来到灰色的人行道上，来到洒了水的街，
楼群的一侧与太阳并排升起
宛如一片微光灼烁的小麦原野。

——小麦，而不是燕麦，亲爱的。
若是小麦，恐怕就不是你播种的，
不管怎么说，我还是想知道
你正在做什么，要去往何方。

失眠

月亮从妆台镜子中
望出一百万英里
（或许也带着骄傲，望着自己
但她从未，从未露出微笑）
至远远超越睡眠的地方，或者
她大概是个白昼睡眠者。

被宇宙抛弃了，
她会叫宇宙去见鬼，
她会找到一湾水，
或一面镜子，在上面居住。
所以把烦恼裹进蛛网吧
抛入水井深处

进入那个倒转的世界
那里，左边永远是右边，

影子其实是实体，
那里我们整夜醒着，
那里天国清浅就如
此刻海洋深邃，而你爱我。

寒春

献给马里兰的简·杜威

无物及得上春天美丽。——霍普金斯

一个寒冷的春天：
草坪上，紫罗兰冻裂了；
树木犹豫了两星期或更久
小树叶等待着，
小心翼翼显示它们的个性。
最终，一片厚重的绿色尘埃
洒遍你漫无目的的硕大山丘。
一天，在一股寒冷的白色阳光中，
在山丘一侧，一头牛犊降生。
母牛停止哞叫
花了许久吃净胞衣
这面破烂的旗帜，
但小牛犊突然站起来

似乎打定主意要开开心心。

第二天

暖和了不少。

浅绿夹白的山茱萸渗透了树林，

每片花瓣似乎都被烟蒂烫过；

面目不清的紫荆站在一旁

纹丝不动，但几乎比

任何可定位的色彩更像是在运动。

四只雄鹿练习跃过你的篱笆。

新生的橡叶荡过成熟的橡树。

歌唱的麻雀已为夏日拧紧发条，

枫树间，互补的红衣凤头鸟

抽响鞭子，梦中人苏醒，

自南方舒展数英里的绿色肢体。

紫丁香在他睡帽中变白，

某一日它们飘坠如雪花。

现在，夜色中，

一弯新月出现。

山丘变得柔和。丛生的高草

在每处躺着牛粪的地方显露。

牛蛙呱呱，
粗笨的拇指拨弄松弛的琴弦。

灯光下，贴着你白色的前门，
最小的蛾子，一如中国纸扇，
压扁自己，淡黄色、橘色
或苍灰色之上的白银和镀银。
现在，自茂密的草丛中，萤火虫
开始翩跹飞舞：
上升、下降、再上升：
点亮渐高的翱翔，
在同一时刻向同一高度飘拂，
——恰似香槟中的气泡。
——后来，它们升到高得多的地方。
而你暗影幢幢的牧场将提供
这些独特的、闪闪发光的贡品
遍及从今天到整个夏日的夜晚。

两千多幅插图和一套完整的索引

我们的旅行应当是这样：
庄严，可被雕刻。
世界七大奇观已看厌
一种熟稔感，但其他景观
数不胜数，同样悲伤和静谧，
于我们却是陌生。常常地，一名
或一群阿拉伯人蹲伏着，或许正密谋
推翻我们的基督教帝国，
有人茕茕孑立，伸展臂膀与手
指向坟茔、陷坑、圣墓。
海枣的树枝看似一把把锉刀。
鹅卵石庭院里，圣井已干涸，
犹如线图，砖砌的沟渠
巨硕醒目，人形的雕像
早在历史或神学里消逝，
随骆驼或精忠的马匹一起消逝。

永远是这样：那沉默，那姿态，那群鸟的斑点
在圣地不可见的线头上高悬，
或是轻烟被线牵引着，肃然上升。
被赋予单独一页，或是由数帧排成
斜角长方形或圆形的风景
组成的一页，在颗粒斑驳的灰底上，
被赋予一扇冷峻的弦月窗
定格在首字母的重重罗网中，
若定睛细看，它们就开始消融，分解。
眼睛垂下，不堪负荷，在刻刀划出的
线条间，那些四散游移的线条
仿佛黄沙上的涟漪，
消融中的风暴，上帝蔓延的指纹，
终于在朦胧的白色与蓝色间
痛楚地烧灼起来。

进入圣约翰海峡
山羊动人的咩咩声抵达船只。
我们瞥见：淡红色的羊，在雾气浸透的
野草和蛋黄草丛中跃上山岩。
在圣彼得，海风呼啸，日头狂烈照耀。

急遽地，目标明确地，学生们列队前进，
穿着黑衣，交错地穿过大广场，如蚁群。
在墨西哥，死人躺在
蓝色拱廊里；死火山
如复活节百合般湿润发光。

点唱机持续播放：“哎，哈利斯科[1]！”
在沃吕比利斯[2]，美丽的罂粟
分割着马赛克砖；肥胖的老导游挤眉弄眼。
在丁格尔港湾[3]，一长溜儿的金色黄昏中
腐烂的船骸高举着不断滴水的绒棉。
英国女人斟着茶，告诉我们
公爵夫人即将生产。
在马拉喀什[4]的青楼

---

1 哈利斯科（Jalisco），墨西哥中西部一州，临太平洋，首府是瓜达拉哈拉。西马德雷山纵贯全州，多火山，地震频繁。

2 沃吕比利斯（Volubilis），位于摩洛哥的罗马古城，公元1世纪时极度繁华，今天仍相对完整地保存有凯旋门与圆形剧场残垣，被联合国教科文组织列为世界文化遗产。

3 丁格尔港湾（Dingle Harbour），爱尔兰西部凯里郡一处风景壮美的海港，吞吐大西洋海水，常年有诸多海豚出没。毕肖普曾与萝塔同游此地。

4 马拉喀什（Marrakesh），虽然地处沙漠边缘，但气候宜人，树木葱茏，古迹繁多，有“摩洛哥南部明珠”之称。

痘痕斑斑的雏妓
在她们的头顶稳着茶盘
跳起肚皮舞；她们咯咯笑着
赤身露体，蜂拥至我们膝前，
索要香烟。在附近的某处
我目睹了最叫我惊惧的事物：
一座圣墓，看起来并不特别圣洁，
只是在有锁形拱孔的石盖下，众多坟墓中的一座
向来自粉红沙漠的每一阵风敞开。
一座洞开、多砾的大理石马槽，深深刻着
训祷文，泛黄
如四散的牛牙；
一半填满了尘土，甚至不是那位
曾经长眠于此的可怜异教先知的骨灰。
披着精巧的连帽斗篷，卡杜尔[1]冷眼旁观觉得滑稽。
万事万物仅仅由“和”与“和”连接。
打开书（书边的镀金磨损了
并为指尖传授花粉）。

1　卡杜尔（Khadour），常见阿拉伯人名。

打开那沉重的书。为什么我们不能看见
这场古老的耶稣诞生，当我们仍在现场？
——那半敞的黑暗，那光中碎裂的岩石，
那一串不间断也不呼吸的火焰，
没有颜色，没有火花，尽情吞噬着稻草，
以及内里风平浪静、饲养宠物的家庭，
——看着看着，直到我们幼弱的视线衰微。

海湾

（写于我的生日）

像这样的退潮时分，水多么纯粹。
白色的剥落的泥灰肋骨凸起，闪耀
而船只干燥，排桩枯如火柴。
吸收着而不是被吸收，
海湾中的水没有溅湿任何东西，
气焰的颜色被调到最暗。
你可以闻出来：它正蒸发为气体；若你是波德莱尔
很可能听到它化为马林巴琴音。
远处的船坞尽头，小小的赭色挖泥机正劳作
已在弹奏干巴巴的、全然走调的击弦古钢琴。
鸟儿都是特大号的。鹈鹕毫无必要地
猛然冲进这古怪的气体，
在我眼中，犹如鹤嘴锄，
甚少找到什么值得炫耀的战利品，
离开时还幽默地挥着肘。

黑白相间的军舰鸟滑翔在
无法察觉的海风上
在浪尖舒展它们剪刀般的尾羽
或者绷紧尾巴如攥紧许愿骨，直至颤抖。
霉臭的采海绵舟陆续驶入
装饰着海绵软球
摆出回收船乐于施恩的架势，
竖起唬人的大鱼叉和鱼钩。
沿船坞拉着铁丝网篱
那儿，小小犁头般反射微光的
蓝灰色鲨尾被高悬着晾干
好卖给中国餐馆。
一些小白船仍然堆叠在
彼此身上，或是船舷倒地而碎裂，尚未从
上一场可怖的风暴中获救，假如还有得救那天，
就像撕开的、尚未回复的信件。
陈旧的书信四散在海湾各处。
咔嚓。咔嚓。挖泥机运转着，
铲出一大口流淌的泥灰。
所有肮脏的活动继续着，
糟透了又兴冲冲。

夏梦

少有船只可造访
凹陷的码头。
人口历历可数：
两名巨人，一个白痴，一个侏儒，

一名温和的小商店主
在柜台后面打盹，
而我们善良的女房东——
侏儒是她的裁缝。

可以这样哄白痴：
采摘黑莓，
再扔掉。
皱缩的女裁缝微笑。

在海边，躺着

蓝如鲭鱼的
我们的旅馆，条纹斑驳
好像刚哭过一场。

匪夷所思的天竺葵
挤满前窗，
地板闪闪发亮
铺满斑斓油毡。

我们夜夜凝听
一只长角的猫头鹰。
在长角的灯焰中，
壁纸湿润闪光。

那名口吃的巨人
是女房东之子，
在台阶上骂骂咧咧
抱怨古老的语法。

他郁郁寡欢，
而她兴高采烈。

卧室苦寒
羽绒褥近在咫尺。

我们在黑暗中
被正在逼近大海的
那条梦游者小溪唤醒，
小溪仍做着有声的梦。

在渔屋

虽是寒冷的傍晚，
一座渔屋旁
一位老人仍坐着织网，
网呈深紫褐色
暮色中几乎看不见，
梭子磨旧了，擦得雪亮。
空气充满浓郁的鳕鱼味
让人流鼻涕，淌眼泪。
五座渔屋，有着陡峭的尖屋顶
上了楔子的狭窄跳板
斜着架上山墙间的贮存室
好让独轮车推上推下。
一切都是银色的：沉甸甸的海面
缓慢膨胀，亟欲外溢，
海水并不透明，但长椅、
龙虾盆、桅杆的银色

是一种显见的半透明
四散于狂野嶙峋的礁石间，
一如小小的古楼向岸的那面墙
蔓生翡翠色的苔藓。
大鱼桶四周镶满了
美丽的鲱鱼鳞片，层层叠叠
独轮车也同样涂上了
奶油状彩虹色的锁子甲，
彩虹色的小苍蝇在上面蠕动。
在屋背后的小山坡上，
在稀疏点缀的鲜绿草甸间，
是一座古老的木绞车，
开裂，有两根漂白的长把手
铁锈的地方还有一些
忧郁的污渍，如干血。
老人接过一根好彩烟[1]。
他是我祖父的老朋友。

---

1 好彩烟（Lucky Strike），美国著名香烟品牌，也是世上字号最老的香烟品牌之一。烟盒上印有红圈商标，二战时期是美军的特供烟，如今在全球超过 60 个国家或地区销售。

我们谈论人口
以及鳕鱼和鲱鱼的减少
在他等待鲱鱼船入港的时候。
他的背心和拇指上有亮片。
从无数鱼身上，他用那把古旧的黑刀
刮掉了鱼鳞，那首要的美景，
刀刃几乎磨损殆尽。

在水畔，在他们
沿着漫长的、降入水中的斜坡
拽起船只的地方，瘦削的银色树干
被水平摆放
沿着灰色石群，向下复向下
彼此间隔四至五英尺。

凛冽、幽暗、深邃且绝对澄澈，
凡人不可承受的元素，
鱼或海豹也不可……尤其有一只海豹
我看见他夜复一夜地出没。
他对我很好奇。他对音乐感兴趣；
和我一样相信全身心的沉浸，

所以我常给他唱浸礼会颂诗。
我还唱《上主是我坚固保障》[1]。
他立在水中，稳稳地
问候我，稍稍挪动脑袋。

旋即消失，接着几乎在原地
骤然出现，差不多耸了耸肩
仿佛这并非他的本意。
凛冽、幽暗、深邃且绝对澄澈，
澄澈冰冷的灰水……在我们背后
庄严高大的冷杉开始撤退。
百万棵黛青色的圣诞树伫立
与自己的影子联手
等待圣诞。水似乎高悬
在圆溜溜的、灰与蓝灰的卵石上。
我曾反复看见它，同一片海，同一片

---

1 《上主是我坚固保障》(*A Mighty Fortress Is Our God*)，马丁・路德作词作曲之赞美诗，德文原题“Ein feste Burg ist unser Gott”，取材于旧约《诗篇》第46首，在英语基督教世界家喻户晓。杨荫浏先生于1930年代将之译为《坚固保障歌》，头四句歌词为：“上主是我坚固保障，庄严雄峻永坚强；上主是我安稳慈航，助我乘风破骇浪。”

悠悠地、漫不经心在卵石上荡着秋千的海
在群石之上，冰冷而自由，
在群石以及整个世界之上。
若你将手浸入其中，
手腕会立即生疼，
骨骼会立即生疼，你的手会烧起来
仿佛水是一场嬗变的火
吞噬石头，燃起深灰色火焰。
若你品尝，它起先会是苦的，
接着是海水的咸味，接着必将灼烧舌头。
就像我们想象中知识的样子：
幽暗、咸涩、澄明、移涌、纯然自由，
从世界凛冽坚硬的口中
汲出，永远源自岩石乳房，
流淌着汲取着，因为我们的知识
基于历史，它便永远流动，转瞬即逝。

香波

岩石上寂静的爆炸，
同心的灰色震波扩散
地衣由此生长。
它们已做好安排
去邂逅环月的晕轮，尽管
它们在我们记忆中从未改变。

既然天空也会同样恒久地
照看我们，
亲爱的朋友，你一直
匆匆忙忙，讲求实际；
来看看发生了什么。因为时光
若不服从我们，就是虚掷。

你黑发里那些流星
排着璀璨的阵列

在哪里成群结队，
这般笔直，这般迅捷？
——来吧，让我在这个大锡盆里为你洗头
捶击发丝，令它闪亮如月。

从国会图书馆看国会大厦

从左移向左，粗粝的光
沉甸甸压在穹顶上。
一扇小小的弦月窗将光折射
茫然凝望一方，像一匹
患角膜白斑的、年迈的大白马。

在东面台阶上，空军管乐队
穿着空军蓝制服
奏得铿锵响亮，但——奇怪
音乐并未全然穿透。

它断断续续前来，先模糊后尖锐，
接着喑哑，可那儿并没有风。
高大的树木立在中央。
我想，必然是树木插了手，

在绿叶中轻捕着音乐，宛如
黄金尘埃，直到片片巨叶下陷。
小旗帜一刻不歇地
将它们绵软的条纹喂入天空，
管乐队的努力在那儿消失。
硕大的树荫，占了上风，
赋予音乐空间。
汇聚的铜管乐器渴望齐奏
嘟——嘟。

浪子

他赖以为生的褐色浓臭
太近了，连同它的呼吸，它浓密的毛发
令他无法判别。地板腐烂；猪圈
一半高度涂满玻璃般光滑的粪便。
被光惊扰，洋洋自得，在挪动的鼻子上方，
猪眼追随着他，一种兴冲冲的瞪视——
甚至对那只总是吃掉自己幼崽的母猪——
直到他感到恶心，弯下身抓挠她的头。
然而有时，在酩酊大醉后的清晨
（他把酒杯藏在一块窄木条后），
日出为仓院的泥巴镀上一层红釉；
燃烧的雨塘似乎要令人安心。
那时他就想，他几乎可以再忍受
一年，甚至更久的流放。

但夜间的第一颗星星前来警告。

雇用他的农场主在夜色中赶来
用草叉把母牛和马匹赶进畜棚
在头上高悬的干草云朵下，
捕光的草叉，那些轻弱、分岔的闪电
犹如在方舟里一般友爱、安全。
猪群伸出小小的前蹄，开始哼哼。
灯笼——就像动身离去的太阳——
铺在泥上，一只起搏的光轮。
提着桶儿走过黏滑的木板，
他感觉到蝙蝠们踉跄、犹疑的飞行，
他颤动的视野不受控制，
拍击着他。花了好久
他终于决定回家。

瓦里克街

夜晚，一座座工厂
挣扎着苏醒，
颓废焦虑的建筑物
一身静脉管道
试图完成它们的工作。
试着呼吸，
延展的鼻孔
鼻毛是簇生的长钉
还散发这般臭气。
并且我会出卖你，出卖你
当然会出卖你，亲爱的，并且你会出卖我。

某些地板上
发生某些奇迹。
脏兮兮的惨白灯光，
某座被捕获的冰山

不被允许消融。

看那呆板的月亮，

病恹恹，天生

听随某人的煽动

而阴晴圆缺。

并且我会出卖你，出卖你

当然会出卖你，亲爱的，并且你会出卖我。

光线，爱之音乐

继续运转。印刷机

印制日历

我猜如此；月亮

生产药剂

或者糖果。我们的床

被煤灰熏得萎缩

糟糕的气味

将我们聚拢。

并且我会出卖你，出卖你

当然会出卖你，亲爱的，并且你会出卖我。

争论

那些无法
或不愿把你送来的时日，
那试图显得
不仅仅是固执的距离，
与我争论、争论、争论
无穷无尽，无法证明我
少欲求或少爱你一些。

距离：记住飞机下方
所有的陆地；
那暗淡的深沙海滩
构成的海岸线
不易察觉地
一路蔓延，
蔓延至我理性的终点？

时日：想想吧

所有那些堆聚的仪器，

各配一种事实，

取消着彼此的经验；

它们多么像

某种骇人的日历：

“‘永不与永远公司’向您致意。”

这些话语所发出的

咄咄逼人的声响

我们必须分别找出

它们可以并且必须被抑制：

时日和距离再次打乱

消失无踪

永远撤离这温柔的战场。

致玛丽安·摩尔小姐的邀请函

从布鲁克林，掠过布鲁克林大桥，在这晴朗早晨，
　　请飞过来。
在一片火焰般苍白的化学试剂云朵中
　　请飞过来，
进入上千只小蓝鼓急遽的翻滚
下降自鲭鱼蓝的天空
越过海湾那微光灼烁的水波看台，
　　请飞过来。

汽笛、三角旗和烟雾正吹响。船只
友善地打出数不尽的旗语。
旗帜飞升，降落，鸟儿般布满了港湾。
请进吧：两条河，优雅地负荷着
无数玲珑晶莹的果冻
在拖着银链子的雕花玻璃糕盘中。
这飞行多安全；天气已全然安排。

在这晴朗早晨，波涛在诗行中奔涌。

　　请飞过来。

来吧，每只黑鞋都伸着尖尖的脚趾
拖出一道海蓝宝石的高光，
裹着满是蝶翼和妙语的黑斗篷，
天知道有多少天使
骑在你宽阔的黑帽檐上，

　　请飞过来。

带上一只听不见的音乐算盘，
皱着略爱挑剔的眉头，系着蓝丝带，

　　请飞过来。

事实和摩天楼在潮汐中波光粼粼，曼哈顿
在这晴朗早晨已被道德湮没，

　　所以请飞过来。

跨上穹宇，以天然的英雄气魄，
凌驾于车祸之上，凌驾于恶毒的电影、
出租车以及逃逸的不公之上，
而号角在你曼妙的耳中回响

它们同时还聆听一种

　　缱绻的、尚未发明的乐音，适合麝香鹿，

　　请飞过来。

庄肃的博物馆将为你

彬彬有礼如雄花亭鸟，

可亲的狮子们将为你

躺卧等在公共图书馆的台阶，

渴望起身，追随你穿过一扇扇门

向上进入阅览室，

　　请飞过来。

我们可以坐下啜泣，我们可以去购物，

或者玩一个始终弄错

一组珠玑词汇的游戏，

或者我们可以勇敢地表达痛惜，但请

　　请飞过来。

否定句结构的朝代

在你四周晦暗并死去，带上它们，

一种语法骤然旋转又闪光

如一群翱翔的矶鹬，带上它，

请飞过来。

来吧，如白鲭鱼天空中的一道光
来吧，如白日彗星
带着一长串并不云遮雾绕的词句，
从布鲁克林，掠过布鲁克林大桥，在这晴朗早晨，
请飞过来。

III

辑三

旅行的问题

（1965）

∞

献给萝塔·德·玛切朵·索雷思[1]

……把我所拥有，能拥有的一切都给你，

我给得越多，就欠你越多。

——卡蒙斯[2]

---

1 玛利亚·卡萝塔·科斯塔拉·德·玛切朵·索雷思（Maria Carlota Costallat de Macedo Soares），巴西女建筑学家，出身里约热内卢政要家庭，里约弗拉明戈公园设计人，毕肖普一生相伴最久的恋人（1951—1967），其间两人共同居住在巴西。萝塔于1967年跟随毕肖普回到美国，9月19日到达纽约当天服用过量镇静剂试图自杀，数日后去世。两人的恋情见于巴西女作家卡门·露西亚·德·奥莉薇拉（Carmem Lucia de Oliveira）的传记《罕见而寻常之花》，基于此书，巴西导演布鲁诺·巴列托（Bruno Barreto）拍摄了电影《握住月光》（2013）。

2 卡蒙斯（Luís de Camões），葡萄牙语第一诗人，其诗艺常被认为可与荷马、但丁、莎士比亚并举，代表作为史诗《卢济塔尼亚人之歌》。毕肖普引用的这两行来自卡蒙斯十四行诗《我的女士，如果人们能清晰无误地看见……》的结尾对句。一些当代学者质疑该十四行诗只是被误归入卡蒙斯名下，在毕肖普写作《旅行的问题》的1960年代，尚不存在这种质疑，该诗被广泛选入巴西出版的各种抒情诗集。关于此献词的来龙去脉可参见乔治·蒙特罗（George Monteiro）的专著《伊丽莎白·毕肖普的巴西岁月及此后：变形的诗歌生涯》（*Elizabeth Bishop in Brazil and After: A Poetic Career Transformed*）。

巴 西

抵达圣图斯[1]

这儿是海岸线；这儿是海港；
这儿，消瘦的地平线背后是少许风景：
形状不切实际——谁知道呢？——自怜的山脉
在肤浅的草木下显得悲哀而严苛，

其中一座山顶上盖着教堂。还有谷仓，
其中一些漆成暗淡的粉色，或者淡蓝，
还有一些高大、犹疑的棕榈。哦，游客，
这国家难道就打算如此回答你？

你和你颐指气使的要求：要一个迥异的世界
一种更好的生活，还要求最终全然理解
这两者，并且是立刻理解

---

1 圣图斯（Santos），巴西圣保罗州自治市。1951 年，毕肖普得到一笔旅行基金，造访南美，11 月到达圣图斯，计划在巴西停留两星期，结果却与萝塔同住了 15 年。

在长达十八天的悬空期后？

把早餐吃完吧。中转船[1]正在靠近，
一条奇异的古舟，放飞一片奇异瑰丽的破布。
那就是国旗了。我从未见过它。
不知怎么，我从未想过那儿有一面旗帜，

可是当然有，一直都有。还有铸币，我假定，
还有纸币；这些仍等着被发现。
现在，我们战战兢兢反向爬下梯子，
我，以及一位名叫布林小姐的同行游客，

下降，进入二十六艘货轮之间，
货轮等着装载绿色的咖啡豆。
小伙，请务必留神钩头篙！
小心！哦！它钩住了布林小姐的

裙摆！那儿！布林小姐大约七十岁，
一位退休的陆军中尉，六英尺高，

---

1 中转船（tender），将乘客从泊在近岸海中的大船载至岸上的船。

生着美丽湛蓝的眼睛，表情善良。
她家——当她在家时——在纽约州的

格伦瀑布[1]。好了。我们安顿完毕。
我们希望海关官员会说英语，
不没收我们的香烟和波旁威士忌。
港埠是必需品，一如邮票或肥皂，
它们看来很少在意自己留下的印象，
或者像这样，只是尝试呈现（既然这无关大局）
肥皂或邮票那毫不招摇的色彩——
像肥皂一样逐渐消融，像邮票一般

滑脱，当我们投递在船上写下的信——
若不是因为这儿的胶水十分劣质
就是因为热气。我们旋即离开了圣图斯；
我们驶向内地。

1952.01

---

1 格伦瀑布（Glens Fall），美国纽约州沃伦郡小城，历史上曾是震颤派教徒的定居地，1788 年得名于约翰尼斯 · 格伦上校（Johannes Glen）以及哈德逊河上的数挂小瀑布。

旅行的问题

这儿瀑布太多；拥挤的溪流
太过心急地奔流入海，
山顶上那么多云彩的压力
使它们以柔和的慢动作漫过山坡，
就在我们眼前化为瀑布。
——若说那些条纹，几英里长的闪亮泪痕
尚且不是瀑布，
那么在飞逝的岁月中（岁月在此飞逝）
它们多半将成为瀑布。
可是假如溪流与云继续旅行，旅行，
山脉看起来就会像倾覆之船的外壳，
身上垂满淤泥和藤壶。

想想漫长的归家路。
我们是否应该待在家里，惦记此处？
今天我们该在何处？

在这最奇诡的剧院里
观看剧中的陌生人，这样对吗？
是怎样的幼稚：只要体内一息尚存
我们便决心奔赴他乡
从地球另一头观看太阳？
去看世上最小的绿色蜂鸟？
去凝视某块扑朔迷离的古老石雕，
扑朔迷离，无法穿透，
无论从哪个视角，
都当下可见，永远，永远赏心悦目？
哦，难道我们不仅得做着梦
还必须拥有这些梦？
我们可还有空间容纳
又一场余温尚存、叠起的日落？

但那显然会是一场遗憾：
不曾见到这条路旁的树木，
呈现着夸张的美，
不曾见过它们如同高贵的哑剧演员
身披粉红衣裳，做着手势。
——不曾被迫停下加油，听见

那哀伤的、双音符的、木质的音调
源自两只不成双的木屐
漫不经心地噼啪踩过
加油站沾满油污的地板。
（在另一个国度，所有的木屐都会接受质检。
每双的音高都如出一辙。）
——遗憾啊，若不曾听过
胖棕鸟的另一支不那么原始的歌谣，
它在破裂的加油泵上方
在耶稣会的巴洛克竹教堂里歌唱：
三座塔，五座银十字。
——是的，那将是遗憾，若不曾
混沌而无结果地思忖过，
在最粗糙的木鞋
与精致考究的木笼
切削而成的幻想之间
哪种联系可以存在数百年。
——从未在歌禽之笼
勉强的书法中研究过历史，
——从未不得不聆听雨声
滔滔而下如政客的演说：

两小时不屈不挠的华辞美藻，
接着是一阵突兀、金黄的沉默。
此刻，旅行者取出笔记本写道：

“可是缺乏想象力使我们来到
想象中的地方，而不是待在家中？
或者帕斯卡关于安静地坐在房间里的话
也并非全然正确？[1]

洲、城、国、社会：
选择永远不广，永远不自由。
这里或者那里……不。我们是否本该待在家中
无论家在何处？”

---

1 指法国哲学家布莱斯·帕斯卡（Blaise Pascal）流传甚广的名言，大意为：人类所有的不幸就在于不能安分地待在房间里。

占屋者的孩子

在山坡没有呼吸的那面
他们玩耍着，雀斑似的女孩和男孩各一个
孤零零，却挨近一座雀斑似的屋子。
太阳高悬的独眼
随意眨着，随后他们蹚过
光与影的庞大水波。
一枚跳舞的黄斑，一只小狗，
伴随他们。云朵正堆聚；

暴雨在房屋背后堆聚。
孩子们玩挖洞。
土地很硬；他们试着用
父亲的一种工具，
一把破柄的鹤嘴锄
两个人几乎搬不动。
它叮叮当当砸下来。他们远扬的笑声

是积雨云砧中的光辉，

质问的暗淡闪电
像小狗吠叫一般直接。
但对于他们小小的、可溶的
不合法的方舟，
暴雨的回答显然
由一串回声的模仿组成，
还有妈妈的声音，丑陋如罪业，
不断喊他们进屋。

孩子们，暴风雨的门槛
已滑入你们泥泞的鞋底；
湿答答，受了骗，你们站在
可供你们选择的住宅中间
出自比你家更大的别墅，
它的合法性永世长存。
它湿透的文件收纳着
你们的权利，在落雨的房间。

雷暴

黎明是一片漠然的黄。
噼——啪！干燥且轻。
屋子真的被击中了。
噼啪！如锡的声响，如酒杯跌落。
多俾亚[1]跳入窗户，爬上床——
沉默着，他双目翻白，毛发直竖。
无礼又蔑视，像邻家的孩子，
雷霆开始砸撞屋顶。
一道粉红闪电；
然后是冰雹，最大尺寸的人造珍珠。
煞白、蜡白、冰冷——
备受古老的赏月派对上
外交官夫人的垂青——

1　圣经《多俾亚书》主人公，此经只为天主教会与东正教会收录，新教则不承认它为正典。

它们躺在红色土地
正在分解的风积丘上，直到日头高升。
我们起身，发现线路已熔化，
没有灯光，一股硝石气味，
电话已切断。[1]
猫裹在温暖的床单里。
四旬节的树木蜕去所有的花瓣：
潮湿，黏稠，浅紫，在死眼般的珍珠中。

---

1 此处的“the telephone dead”呼应上面的“煞白”(dead-white)以及末句中的“死眼珍珠”(dead-eyepearls)。

雨季之歌

藏身，哦，藏身于
孤高的雾中
和磁岩下
我们栖息的房子，
身上跨着雨和彩虹，
那儿，血一样黑的
凤梨、地衣、
猫头鹰，还有瀑布的纤维
依附着，
熟稔，不请自来。

在一个幽暗的
水之年代
溪涧从巨蕨的
肋骨笼中
高声歌唱；水蒸气

轻松爬上厚厚的植被
转过身来，
在一片私密的云中
抓住这两者：
房屋与岩石。
夜间，屋顶上，
盲目的水滴缓行
不起眼的棕色猫头鹰
为我们证明
他会数数：
五次——始终是五次——
他跺脚，飞走
去追踪那些肥硕的，
为爱情而鼓噪的
费力攀爬的青蛙。

屋子，向着白露
和不刺眼的
牛奶色日出
敞开的屋子，
向着全体

银鱼、老鼠、

蠹虫、

巨蛾敞开；有一面墙

用来悬挂霉菌的

懵懂的地图；

被温暖呼吸

的温暖触摸

摩得昏暗，失去光泽，

染上斑点，被呵护，

欢庆吧！因为后来的纪元

将会不同。

（哦，那杀戮

或胁迫我们渺小的

朦胧的大半辈子

的差异！）没有水

巨大的岩石会瞠视着

消了磁，光秃秃，

不再披戴

彩虹或雨，

宽恕的空气

还有孤高的雾都会消失；

猫头鹰会继续前行

几挂瀑布

会在坚稳的日光中

枯皱。

巴西，1502 年1月1日

……刺绣过的自然……织上壁毯的风景。

——肯尼斯·克拉克爵士《艺术中的风景》

诸多的一月，大自然迎接我们的目光
恰如她必定迎接它们的目光：
每平方英寸都布满枝叶——
大树叶，小树叶，巨型树叶，
蓝色，青绿色，橄榄色，
时不时露出色彩更浅的叶脉和叶缘，
或一片反转的、丝缎质地的腹叶；
银灰色浮雕中
怪兽般的蕨；
还有花朵，像是硕大无朋的睡莲
高举在空中——莫如说，高举在叶间——
淡紫色，黄色，两朵黄色，粉红色，
锈红色，还有掺了浅绿的白；

坚凝却缥缈；新鲜得犹如刚画完
从画框中摘下来。

月白色的天空，一张简纯的网，
背衬着轻软如羽的细节：
转瞬即逝的虹，一只苍绿色的破轮子，
几棵棕榈，黝黑粗壮却也精致；
硕大的象征意味的鸟儿张着喙
安安静静地停在那儿，宛如在剪影中，
每一只都仅仅裸露一半他那
疏松的、胖乎乎的、纯色或斑驳的胸脯。
“罪业”仍在前景中：
五条煤黑的龙盘旋在巨岩边。
巨岩被地衣覆盖，灰色陨屑
泼溅着，彼此叠织，
下方被苔藓威胁
在可爱的地狱绿焰中，
上方被云梯葡萄藤围剿
斗折蛇行却整洁，
“一片叶子说是，一片说不”（葡萄牙语）。
蜥蜴们几乎屏息；所有的目光

都聚焦于那条背朝他们的、更小的母蜥，
她邪毒的尾巴高高翘着，并且反转，
通红一如滚烫的电线。

于是，那些坚硬如钉
渺小如指甲的基督徒前来，
在碎裂的镜中闪烁微光，发现这一切
并不陌生：
没有爱人的漫步，没有凉亭，
没有等待采摘的樱桃，没有琉特琴音，
可却对应着
一场奢华、纸醉金迷的旧梦
当他们离家，这梦境就已过时——
奢华，加上一种崭新的欢愉。
弥撒过后，也许径直哼着
《军装男儿》[1]或类似的曲调，

---

1 《军装男儿》(*L'Homme armé*)，一首文艺复兴时期流传至今的法国小调，其曲调常被用作拉丁弥撒规程的配乐，乃至有40个不同版本的《军装男子弥撒曲》传世。歌词大意："男儿，男儿，军装男儿啊 / 军装男儿当受畏惧 / 人们四处宣布 / 每个男子汉都该用 / 生铁锁子甲武装自己！"

他们剥开并进入那垂悬的织物，
人人都为自己逮一个印第安人——
那些令人发疯的小妇人始终召唤，
召唤着彼此（或是鸟儿们已经醒来?）
并且退隐，永远退隐着，隐入织物背面。

犰狳

献给罗伯特·洛威尔[1]

现在是一年中

脆弱、非法的热气球[2]

几乎夜夜出没的时候。

攀爬着山巅，

1 罗伯特·洛威尔（Robert Lowell），美国自白派诗人，代表诗集有《生活研究》等，曾获普利策诗歌奖、美国国家图书奖等，与毕肖普建立了长达30年的终身友谊（1947—1977），并承认毕肖普是对他诗艺影响最大的三位诗人之一（另两位是艾伦·泰特和威廉·卡洛斯·威廉斯）。二战期间，洛威尔在盟军开始密集轰炸德国城市后成为一名拒服兵役者，曾于1943年9月7日致信罗斯福总统陈述自己拒不加入美国空军的立场，并因此在康涅狄格州丹勃利服了数月的刑；到了1960年代，洛威尔又积极反对越战。《犰狳》中燃烧坠落的热气球常被看作对空袭恐怖的隐喻，此诗的题献也被看作对洛威尔和平主义立场的致意，也有评论家将它解作毕肖普对洛威尔早期那种从苦痛中萃取诗艺的自白派诗风的批评。洛威尔写了《臭鼬时刻》回赠毕肖普，据说他终生将《犰狳》一诗夹在钱包里。

2 此处的热气球并非普通热气球，而是中有明火的"火气球"，类似于中国的"天灯"。巴西民间在庆祝圣徒纪念日时有燃放火气球的传统，毕肖普曾在里约热内卢亲眼目睹圣约翰日嘉年华之夜升空的气球。

向一个在这几处
依然受尊敬的圣徒上升，
纸房间涨红了脸，充盈着
往来穿梭的光，宛如心脏。

一旦上升到紧贴着夜空
就很难分辨气球与星辰——
就是说，行星——淡彩的那些：
下降的金星，或火星，

或者苍绿色的那颗。随一阵风
它们闪光、摇曳、踉跄、颠荡；
但若天空静好，它们就在
南十字星座的风筝骨间航行，

退隐、缩小、肃穆而
稳健地抛弃我们，或者
在来自山巅的下降气流中
骤然变得危险。

昨夜，又一个大家伙陨落。
它四散飞溅如一只火焰蛋
砸碎在屋后的峭壁上。
火焰向下奔涌。我们看见一双

在那儿筑巢的猫头鹰飞起来
飞起来，涡旋的黑与白
底下沾上了艳粉色，直到它们
尖啸着消失在空中。

古老的猫头鹰，窝准是被烧了。
急匆匆，孤零零，
一只湿亮的犰狳撤离这布景，
玫瑰斑点，头朝下，尾也朝下，

接着一只兔崽蹦出来，
短耳朵，我们大惊失色。
如此柔软！——一捧无法触摸的尘埃
还有纹丝不动、点燃的双眸。

太美了，梦境般的模仿！

哦，坠落的火焰，刺心的叫嚷
还有恐慌，还有披戴盔甲的无力拳头
天真地攥紧，向着夜空！

第十二日；或各遂所愿[1]

仿佛石灰水未干的初层涂料，
单薄的灰雾透出一切：
黑人孩子巴尔萨沙[2]，一面篱笆，一匹马，
　　一座倾颓的房屋，

——水泥和椽探出沙丘。
（公司把这些白而过时的沙丘
当作草地处理。）“船骸。”我们说；或许
　　这是一座屋骸。

1　标题原文为“Twelfth Morning; or What You Will”。本诗标题是对莎士比亚喜剧《第十二夜》的戏仿。

2　巴尔萨沙（Balthazar），典出《新约》，携礼物向初生基督朝拜的东方三博士之一。基督教传统中，巴尔萨沙通常被认为是阿拉伯王或学者，圣像画传统中常被表现为一名皮肤黝黑、手执没药的青年男子。另两位博士的名字是梅尔基奥（Melchior）和卡斯帕（Caspar），分别被看作来自波斯和印度的学者。天主教将主显日也即三博士抵伯利恒朝圣之日定为三王来朝节，通常为公历 1 月 6 日。

大海在遥远的某处，什么都不做。听。
一声排出的呼吸。而且微弱，微弱，微弱
（你听见什么了吗），矶鹬那
　　心碎的啸叫。

篱笆，分三股，带钩的铁丝网，全是纯锈
三条虚线，满怀希冀地前进
越过一块块地；想想又改变了主意；转过
　　某个拐角……

别问那匹大白马，你是应该待在
篱笆里头还是外面？他还在
沉睡。即使醒着，他也很可能
　　拿不定主意。

他比房屋更大。个性的力量
或者透视法正打盹？
一匹白蜡色的马，一种古老的混合物，
　　锡、铅、银，

他泛着微光。但那四加仑的罐头
顶在巴尔萨沙头上，逼近着
始终闪耀光芒：世界是一颗珍珠，而我，
　　我是

它的高光！现在你可以听见水声了，
于内部拍击，拍击。巴尔萨沙在歌唱。
“今天是我的纪念日，”他唱，
　　“三王来朝节。”

卡布·弗里乌

别 处

六节诗[1]

九月的雨落上小屋。
在衰微的光中，老祖母
坐在厨房中，还有孩子
簇拥着“小奇迹”牌火炉，
读着俏皮话，来自年历书，
说说笑笑藏起泪珠。

她以为她秋分时的泪珠
以及雨点，它们敲打着屋顶

1　六节诗格式韵律繁复，通常认为由 12 世纪阿奎丹吟游诗人阿尔诺·丹尼尔首创，全诗由六节六行诗和一节三行诗组成，遵循五步抑扬格，每节六行诗的尾词也是下一节六节诗的尾词，轮番使用，直到六个尾词都被使用过一遍，末尾三行诗则在行中和行尾使用六个尾词。具体尾韵为：第一节：A，B，C，D，E，F；第二节：F，A，E，B，D，C；第三节：C，F，D，A，B，E；第四节：E，C，B，F，A，D；第五节：D，E，A，C，F，B；第六节：B，D，F，E，C，A。除个别介词不得已破韵，中文均按原韵译出。

都已被预言，在年历书中，
但洞悉这个的只有一位祖母。
铁水壶唱着歌，在炉上。
她切了点面包，说孩子，

是喝下午茶的时候了，但孩子
正凝视茶壶小小的坚硬的泪珠
着魔般起舞，在滚烫的黑炉上，
雨珠也必然这样起舞，在屋顶。
拾掇着桌子，老祖母
挂起睿智的年历书

在它的悬索上。鸟儿般，年历书
敞开一半，从头顶荡过孩子，
从头顶荡过老祖母
和她的茶杯，里面满是深棕色泪珠。
她哆嗦着，说她觉得屋子
很冷，并添了木块进火炉。

曾经会是，说话的是“奇迹牌”火炉。
我知道我所知的，说话的是年历书。

孩子用蜡笔画了一栋僵硬的房屋
和一条蜿蜒的小路。接着孩子
添上一个小人，他的纽扣似泪珠
并骄傲地把画展示给老祖母。

可是，悄没声息地，当老祖母
忙着烧旺那火炉，
小月亮落下来，如颗颗泪珠
来自一页一页的年历书，
坠入花床，那花床是孩子
小心翼翼画在屋前。

是播种泪珠的时候了，说话的是年历书。
老祖母哼起歌，对着奇迹般的火炉，
而孩子，画了另一栋不可捉摸的小屋。

风度

献给 1918 年的一个孩子

我们坐在马车座上
祖父对我说,
“切记总要
和每个遇见的人说话。”

我们遇到一个步行的陌生人。
祖父用鞭子轻碰帽檐。
“日安,先生。日安。天气真不错。”
我说,同时坐着鞠躬。

接着我们赶上一个认识的男孩
肩上停着硕大的宠物乌鸦。
“总要让每个人搭便车;
等你长大一点,也别忘了这个。”

祖父说。于是威利
爬到我们身旁，可是乌鸦
“嘎”的一声飞走了。我很担心。
他怎么知道要去哪儿?

但他每次只飞一点路
从这根栅栏柱前往那一根；
当威利吹起口哨，他就回应。
“一只好鸟儿，”祖父说，

“教养良好。看，你一叫唤
他就礼貌地回答。
无论人或兽，这都是好风度
你俩切记，总也要这么做。”

汽车驶过的时候，
尘埃遮掩了人们的脸，
但我们嚷着：“日安！日安！
天气真好！”把嗓子扯到最高。

当我们来到忙人丘，

祖父说母马累了，

于是我们下车步行，

维持我们的好风度。

加油站

哦，可是它真脏！
——这小小加油站，
浸满了油，渗透了油
成为一种令人不安的
遍及一切、半透明的黑。
小心那根火柴！

父亲穿一件肮脏的
被油浸透的晚礼服
在腋下扎着他，
几个快手、粗鲁
肠肥脑满的儿子在帮忙
（这是一座家族加油站），
个个浑身脏透。

他们住在加油站吗？

它有一座水泥门廊
在油泵背后，在泵上
一组压扁的
吸油饱胀的藤织品；
在藤编的沙发上
是一条脏狗，快活惬意。

几本漫画书提供了
唯一的色彩——
确凿的颜色。它们躺在
一块暗色的大装饰垫布上
垫布盖着一只小凳子
（一组中的一只），在一株
硕大蓬松的秋海棠旁。

这不相干的植物为什么在这里？
凳子为什么在这里？
为什么，哦，为何垫布在这里？
（绣着雏菊图案的
菊花针脚，我猜
还布满灰色钩花。）

有人绣着垫布。

有人给植物浇水，

或许浇油。有人

把罐子放成排

让它们对神经紧绷的汽车

柔声诉说：

石油——油——油——油。

有人爱我们所有人。

星期天，凌晨四点

一片无垠的、洪水淹没的
梦之国度，低低躺着，
镶嵌十字与轮盘
犹如连城游戏。

右边是随从，
“玛丽”既近且蓝。
哪个玛丽？玛丽阿姨？
我认识的高个子玛丽·斯特恩斯？

古旧的厨房刀具盒，
装满生锈的钉，
它在左边。一个高亢的
人声在某处尖啸：

“灰色马匹需要钉掌！
总是这样！

你在做什么，
在那里，在镜框外？

若你是捐赠者，
至少把那个做了！”
点亮灯。转过来。
床上有块污斑——

一匹变异的布上
黑金相间的颜料。
猫咪跳上窗台；
口含一只飞蛾。

梦境对峙梦境，
现在，柜橱已空。
猫咪去打猎咯。
小溪摸索着寻找楼梯。

世界鲜有变幻，
湿润的脚却悬荡着
直到鸟儿以适宜的角度
安排了两个音符。

矶鹞

他把沿途的啸叫视作理所当然，
并且世界注定时不时就得震颤。
他奔跑，跑向南方，笨拙又谨慎，
一种节制的恐慌，布莱克的学生。

海滩嗞嗞如脂肪。他左边是一片
断断续续、往来倏忽的水，这水
给他暗沉、生脆的脚杆上了釉光。
他跑，径直穿过水域，察看自己的脚趾。

——莫如说，是在观察趾间的沙之空间，
那儿（没有什么细节微不足道）大西洋海水
急遽地向前并向后沥干。他奔跑时，
瞪着那些拖泥带水的沙砾。

世界是一场迷雾。然后世界又

微缈，广袤，澄澈。潮汐
或涨或落。他无法告诉你是何者。
他的喙已聚焦；他分身乏术，

寻找着某种事物，某物，某物。
可怜的鸟儿，他着了魔！
数百万沙砾呈黑色、白色、黄褐、灰，
掺杂石英颗粒，玫瑰晶与紫晶。

特洛普日志选段[1]

（1861 年，冬天）

就雕像而言，至今没有多少
选择：不是华盛顿家族
就是印第安人，一群刷白的矮胖子，
他的国父或他的养子。
白宫位于伤感而不健康的某处
刚好高过波多马克河的沼泽河面，
——他们说，现任总统的每根
来自乡下的四肢都患了疟疾或高热。
星期天下午我独自漫游——莫如说

1 指安东尼·特洛普（Anthony Trollope），邮局办事员出身，后成为英国维多利亚时代最多产与畅销的小说家，一生著有长篇小说 47 部（是同辈查尔斯·狄更斯的三倍），短篇小说集若干，以及非虚构作品无数，包括 1862 年出版的旅游日志《北美纪行》（*North America*），即毕肖普这首诗标题中的"日志"所指。特罗普在《北美纪行》中详细描述了美国首都华盛顿特区的许多主要建筑物，成为毕肖普此诗的状物基础。

独自踉跄。空气粗粝
阴郁；沼泽一半是冰一半是泥。这天气
如今已寻常：一阵严霜，接着融雪，
接着又来一场霜冻。作为一名猎人，我发现了
宾州大道沉重的路面……
在那儿，我周围尽是丑陋的淤泥
——满是蹄印，未开化的——牲畜群，
数不胜数，疑惑的阉牛或公牛站着：
准备在下一场战役后宰了犒劳军队。
它们腿上凝满干血块；
牛角旁白雾缭绕。可怜的、快饿死的、
聋哑或低声哞叫的生物，再也无法反刍
来喂饱无底的胃！那恶臭
让我前额该死的脓包跳动不息。
我叫来一名外科医生，一个年轻人，但
他自己也嗓子肿痛，他把活儿干了。
我们谈论战争，他匆匆离开
哑声嘶吼："先生，我必须宣布
人人都得了病！士兵毒化了空气。"

新斯科舍的第一场死

在冰冷，冰冷的客厅
我母亲把亚瑟覆在
胶版复印画下：
爱德华，威尔士亲王，
还有亚历山德拉公主，
乔治国王和玛丽王后[1]。
下方，桌上
立着一只潜鸟标本
亚瑟叔叔射下并填塞它
亚瑟叔叔是亚瑟的爸爸。

自从亚瑟叔叔
将子弹射入他
他不曾吐露一句话。

1　即下文中“仁慈的皇室夫妇”，印有皇室成员画像的织物被覆盖在小男孩的棺盖上。

将自己的观点保密在
大理石桌面
雪白、冰封的湖上。
他的胸脯深邃且白，
寒冷，适合爱抚；
双眸是红玻璃，
十分令人艳羡。

“来吧，”我母亲说，
“来对你的小堂兄亚瑟
说声再见。”
我被举起并给予
一朵山谷百合
好塞入亚瑟手中。
亚瑟的棺材是一块
小小的糖霜蛋糕，
红眼睛的潜鸟
从雪白、冰封的湖上看它。

亚瑟十分娇小。
满身白色，像个还未上色的

玩偶娃娃。
严霜先生[1]开始为他化妆
就像他一直为红枫叶
化妆那样（永远）。
他刚开始处理头发，
几笔红色，接着
严霜先生丢下刷子
留下他，永远白花花。

仁慈的皇室夫妇
暖和地待在红衣和貂皮里；
脚在女士的貂皮裙裾中
裹得严严实实。
他们邀请亚瑟入宫
成为最小的王家侍从。
可亚瑟要怎么去——
攥着那朵小小的百合，
双眸紧紧闭着，并且道路已经
深深被白雪湮没？

1　原文为杰克·弗罗斯特（Jack Frost），“严霜”的拟人形象。

访问圣伊丽莎白医院[1]

（1950年）

这是疯人院[2]。

这是那个
躺在疯人院里的男人。

---

1 圣伊丽莎白医院（St. Elizabeths Hospital），位于华盛顿特区。1945年11月，美国意象派诗人艾兹拉·庞德在特区被控犯有叛国罪，罪名包括煽动美国公民颠覆政府，向敌军广播等，其律师尤利安·康奈尔成功地证明庞德精神失常，使之免于终身监禁。庞德随即被囚禁于圣伊丽莎白精神病医院直至1958年获释，他在院中持续写作，甚至拒绝出院。毕肖普1949—1950年间在特区担任国家图书馆诗歌顾问时曾多次去医院看望庞德，即本诗的主角。这首诗在格律上模仿了18世纪英国童谣《这是杰克造的房子》（This is the House that Jack Built），以不断加长的定语从句将叙事推向高潮，第一诗节为一行，此后逐节增加，直到总共含有含十二行的第十二诗节。

2 疯人院，原文为"贝德朗"（Bedlam），伦敦伯利恒皇家医院的昵称（旧称圣母伯利恒医院），该院为欧洲最古老的专治精神疾病的医院（最初成立于公元14世纪），数异其址，如今位于伦敦南部布隆利自治镇。"贝德朗"一词来自中古英语"伯利恒"（Bethlehem）一词，后来泛指一切疯狂嘈杂之地，下文统一处理为"疯人院"。

这是属于
那个躺在疯人院里的
悲剧的男人的时刻。

这是一只腕表
指示出属于
那个躺在疯人院里的
话痨的男人的时刻。

这是一名水手
佩着那只腕表
指示出属于
那个躺在疯人院里的
可敬的男人的时刻。

这是纯木板的锚地
水手抵达
佩着那只腕表
指示出属于
那个躺在疯人院里的
勇敢的老人的时刻。

这些是病房里的年月和墙壁，
那浮满木板的海洋上的风和云朵
水手在海上行驶
佩着那只腕表
指示出属于
那个躺在疯人院里的
暴躁的男人的时刻。

这是一个犹太人，戴着报纸叠的帽子
哭泣着沿病房一路跳舞
在吱嘎作响的浮满木板的海上
越过那名水手
水手为腕表上着发条
指示出属于
那个躺在疯人院里的
残忍的男人的时刻。

这是一个书本已变得寡淡无味的世界。
这是一个犹太人，戴着报纸叠的帽子
哭泣着沿病房一路跳舞

在吱嘎作响的浮满木板的海上
海属于那名疯水手
他给腕表上着发条
指示出属于
那个躺在疯人院里的
忙碌的男人的时刻。

这是一个男孩，轻轻叩击地板
看看世界是否就在那儿，扁平无味，
再去告诉那个戴着报纸帽子的犹太鳏夫
鳏夫哭泣着沿病房一路跳舞
在沉默的水手身旁
跳一支与起伏的甲板同长的华尔兹
水手倾听他的腕表
嘀嗒出属于
那个躺在疯人院里的
乏味的男人的时刻。

这些是年月，是墙壁，是门
冲着轻叩地板的男孩关上，他要
感受世界是否就在那儿，并且是平的。

这是一个犹太人，戴着报纸叠的帽子
欢快地沿病房一路跳舞
进入正在分开的浮满木板的海洋
越过瞪着眼的水手
水手摇动他的腕表
指示出属于
那个躺在疯人院里的男人
那个诗人的时刻。

这是那名从战场返回家乡的士兵。
这些是年月，是墙壁，是门
冲着轻叩地板的男孩关上，他要
看看世界究竟是圆的，还是平的。
这是一个犹太人，戴着报纸叠的帽子
小心翼翼沿病房一路跳舞，
和那疯狂的水手一起
踏在一口棺材的厚木板上
水手展示他的腕表
指明属于
那个躺在疯人院里的
凄惨的男人的时刻。

IV

辑四

他们忘却了一些梦

（1969）

∞

新诗与未收录之作

雨季；亚热带

巨型蟾蜍

我太大，迄今已太大了。可怜可怜我。

我双眼鼓出，感到疼痛。即使如此，它们仍是我唯一的尤物。它们看得太多，上方，下方，但其实没什么可看的。雨停了。雾气正在我皮肤上凝成水珠。水珠滚下我的背脊，从我耷拉的嘴角滚落，沿体侧流淌，滴落肚皮底下。或许我杂色表皮上的斑点很美，像露珠在一片腐烂的树叶上银光闪烁？它们使我凉爽，透心的凉。我感到自己正在变色，我的色素轻轻颤抖着，逐渐变幻。

现在我要去往那片低垂的树篱下。慢慢地，跳起来。静静地，再来两三下。太远了。我站起来。苔藓是灰色的，我的前肢感到它们的粗糙。匍匐下来。头朝外转过来，安全多了。等蜗牛爬过再呼吸。但我们辗转羁旅于同样的气候。

吞下空气，吞下一口口寒冷的雾。唱起来，就一次。哦，这声音如何从岩石那儿回响！我摇出了多么深沉、天使般悦耳的铃声！

我靠吞咽活着，靠吞咽呼吸。一次，几个淘气包把我捡起，我和我的两个弟兄。他们在某个地方把我们放下，在我们嘴里插上点燃的香烟。我们不得不抽，整根抽完。我以为我死定了，可是，就当我全身彻底被烟填满，当我松弛的嘴唇开始燃烧，当我所有的内脏都灼烫而干燥，他们把我们放了。我病了好几天。

我有硕大的肩膀，像个拳击手。不过它们不是肌肉，而且颜色暗淡。它们是我的毒囊，我所肩负的几乎没用过的毒囊，我的负担，我的伟大使命。硕大的毒液翅膀，折叠在我背后。小心，我是个乔装的天使；我的翅膀邪恶却不致命。如果我愿意，那蓝黑色的毒液就能倾泻而出，威胁所有人。空中会升起蓝黑的烟尘。小心，你这渺小的蟹。

迷路的蟹

这不是我的家。我怎么就离水那么远了？水一定就在那儿某处。

我色如美酒，如廷塔酒。我有力的右钳内侧是橘黄色的。看，我现在看见了；我挥舞它如一面旗帜。我短小精悍又优雅；行动起来精确万分，灵巧地操纵我所有小一点的黄钳子。我相信曲里拐弯、迂回的途径，并且我从不对人吐露感情。

可是，我在这片古怪而光滑的平面上发出了太大的噪声。我不是生来干这个的。只要我练习一会儿，四下警惕，定能再次找到我的水潭。所有的路人，注意我的右钳！这地方太过坚硬。雨停了，路面潮湿，却没有潮湿到让我惬意。

我眼睛虽小，视力却佳；我的壳又硬又紧。在我自己的水潭里有许多小灰鱼。我可以径直透过它们看。只有它们的大眼睛是不透明的，朝我颤动。这些鱼可不好抓，但我，我飞速将它们逮进怀里，吃个一干二净。

那只柔软巨大的怪兽是什么，像一朵令人窒息的温暖的黄云？它在干什么？它拍了拍我的背。滚开，看钳！好了，我把它吓跑了。它坐了下来，装作什么都没发生。我要绕开它。它依然装作没看见我。别挡我道，哦，怪兽。我拥有一潭水，所有的小鱼都在其中游泳，还有所有飞掠蹦跳的水虫，闻起来像是烂苹果。

打起精神来，哦，忧伤的蜗牛！我鼓励地敲敲你的蜗壳，不过你反正也不会感觉到。

还有，气冲冲的蛤蟆，我不想和你发生任何瓜葛。想象一下吧，你的个子至少是我的四倍，却那么不堪一击……我可以用钳剖开你的肚子。你鼓眼瞪视，我水潭边的看家狗；你发出聒噪而空洞的声音。对这类愚蠢我全然无感。我赞赏紧密、轻盈和敏捷，在这个崩坏的世界里，这些品质无一不罕见。

巨型蜗牛

雨停了。瀑布整夜都会这样嘶吼。我出来走走，找点吃的。我的身体——也就是说，脚——又湿又冷，粘满尖利的碎沙。它呈白色，像一只餐碟那么大。我给自己定了个目标，某块岩石，但等我到达那里，很可能已是破晓时分。尽管我行动如幽灵，浮空的裙边几乎擦不到地面，我却依然沉重，沉重，沉重。我白色的肌肉已经疲惫。我给人的印象是一种神秘的从容，然而，即使攀上最小的石块和树桩都需要我竭尽全力。我还必须避免被那些粗粝的草尖分神。别碰它们。后退。后退总是最好的。

雨停了。瀑布发出这般轰响！（如果我从上面掉落，会怎么样？）那些黑岩山脉释放出这般蒸汽的云团！从山侧垂下闪亮的彩带。每当这一幕出现，我们有句谚语叫“蜗牛众神匆匆下山”。我永远不可能爬下如此陡峭的断崖，更别说爬上去了，做梦也不会。

那只蟾蜍也太大了，像我一样。他的眼睛乞求我的爱情。我们的比例吓坏了邻居。

休息一分钟；放松。紧贴着地面，我的身体像一片煞白的、正在分解的树叶。那敲击我外壳的是什么？什么都不是。咱们继续。

我的腹足有韵律地波动着，就在路边，从前到后，是船只拖出的尾痕，是蜡白的水，或一块正缓慢融化的浮冰。我很冷，很冷，冷得像冰。我盲目的白色牛头是克里特人的恐怖假面；我的四只无法攻击的犄角已经退化。我的嘴角现在是我的手。它们紧按着土地，狠狠吮吸它。啊，但我知道我的蜗壳是美丽的、高耸的、上了釉般闪亮的。我知道得一清二楚，尽管我没见过它。它蜷曲的白唇是最精致的珐琅。它的内侧光滑如丝，而我，我填满它，臻于完美。

我拖出的宽阔尾迹闪闪发光，现在，天色正变暗。我留下一条可爱的乳白色绸缎：这我知道。

可是，哦！我太大了。我能感觉到。可怜可怜我。

当我抵达——如果我能抵达——那块岩石，我会进入那儿的某条缝隙过夜。下方的瀑布会使我的蜗壳和身体彻夜颤动。在那稳定的脉搏中，我可以休憩。一整晚，我将如一只熟眠的耳朵。

吊死耗子

凌晨，一大早，五点都没到，耗子被带了出来，但那里已经聚集了大量动物。一些动物前一晚通宵未眠，挨到更晚，更晚；起先是因为感到一种模糊的欢庆氛围，接着，他们数次决定“不如在镇里再多逛一小时”，那之后，理智的选择就是：及时赶到广场观看绞刑，为这一夜画上句点。这些动物打了一阵嗝儿，带着愤世嫉俗而倦怠的神情。那些刚从被窝里爬出来的动物看起来也十分疲惫，只是不那么厌倦。

两只巨大的褐色甲虫，穿着从前那种多姿多彩的传统盔甲，把耗子押了进来。他们穿过小黑门进入广场，又跨步穿过夹道立正的士兵行列：走向正前方，走到右面，绕过空广场的两条侧边，走向左边，进入中心，绞架就在那儿耸立。每次转弯前，右边的甲虫都会飞快地扫上左边的甲虫一眼；他们长长的、长长的传统的触须突然转往要去的方向，动作无懈可击。那只耗子——当然了，他不可能受过任何军事训练——此时他哭得如此悲戚，几乎看不清自己正前往何方，严重扰乱了甲虫们精确的动作。他在每个转角踉跄向前，然后被拽向正确的方向，此时他的双脚就会缠在一处。可是，甲虫们根本不看他一眼，每次都迅速地再把他拉起来，直到解开那双脚。

在早晨的这个时刻，耗子灰色的外套几乎无从与天光区分。但可以听到他的呜咽，他的鼻尖因哭了太久而呈玫瑰红色。聚集的小型动物们脑袋微微向后倾斜，快活地吸着气。

一只浣熊戴着传统的黑面罩，他是刽子手。他是个吹毛求疵的家伙，做每一件事都如此。他的一个小儿子也戴着黑面罩，正拿着一只小脸盆和一大罐水等候他。首先，他洗了洗手，仔细地漂净；接着他清洗并漂净绳子。最后一刻，他又洗了一次手，戴上了一副优雅的黑色山羊皮手套。

一只硕大的螳螂正在祈祷，他负责仪式的宗教方面。螳螂快速跟随耗子和他的押送者登上了绞刑台，可是刚到那儿，一阵神经性痉挛似乎攫住了他。他向左滑了几步，又向右滑了几步，优雅地举起前臂，但好像无法开工；显而易见，此时他最希望的就是飞快跳下绞刑台，彻底撂下整件事。当他把前臂伸向天空，大眼睛朝人群闪烁，当他抬头仰望，身体抽搐着，那走动的样子着实叫人同情。对于周围那些卑劣的角色，他似乎感到极度不安：甲虫、刽子手、耗子罪犯。最终，他竭力振作起来，走近耗子，以尖细而难以听清的声调说了几句话。耗子紧张地跳起来，比往常更厉害地放声大哭。

此时此刻，围观者本来早该毫无悬念地放声大笑，可是国王的信使突然出现在耗子和守卫刚才穿过的小黑门上方的露台上。那是一只巨型的、肥胖过度的牛蛙，也穿着传统服饰，手握长长的传统公文卷轴，后者在地上拖了好几尺，演说的真正内容则写在一小片纸上，粘在卷轴内侧。卷轴，还有他帽子上的白色羽毛，使他看起来非常滑稽，像是童话故事里的角色，但他的声音足够令人生畏，使得人群礼貌地肃静下来。那是个深沉的男低音："格拉格！格拉格！贝尔 - 拉普！"那是耗子的死刑宣判，所有人一个词儿都听不懂。

甲虫们帮着又推又掐了一阵，刽子手总算把耗子摆对了位置。绳结被精致地系在他的一只小圆耳朵后面。耗子抬起一只手，蹭了蹭鼻子，大部分观众却认为这是个挥别的手势，一连几周都在谈论它。看见父亲发出信号，刽子手年轻的儿子触发了陷阱。

"吱吱！吱吱！"耗子尖叫着。

他的络腮胡子无望地在空中摆动了好几次，一圈又一圈，他的双脚高升，蜷成如同初生蕨类的小球。

祈祷的螳螂歇斯底里地挥动修长的四肢，消失在人群中。这一切是如此感人肺腑，以至于一只嘴里叼着小猫的母猫流下了几行硕大的眼泪。泪珠滚到小猫的背上，小猫开始蠕动尖叫，母猫于是认为，绞刑的一幕或许让这孩子难以承受，但不管怎么说，那都是一堂绝佳的道德课。

1937

他们忘却了一些梦

死鸟落下，但无人见它们飞起，
无人猜出从哪里。它们黝黑，双目紧闭，
无人知道它们是何种鸟。但
所有人都捧着鸟儿仰望，透过遥远的漏斗状天穹。
幽暗的水滴坠落：夜晚从屋檐上收集，
或汇聚在他们床顶的天花板，
神秘的水滴形状，整夜高悬在他们头颅上方，
现在又从他们粗心的手指滑落，迅捷如露珠滑落叶片。
它们在哪儿见过这样完美乌亮的木莓，
在清晨如此熠熠生辉？上方树枝或下方树叶上
心脏幽暗的诱饵。它们是否判定这是毒药
于是飞走？或者——记住——从沉甸甸的树上吃掉了果实？
哪种花朵像耧斗菜，皱缩成这样的种子？然而
一旦八九点钟敲响，难以辨识的是他们所有的梦。

1933

歌谣

夏日在海面终结。
游艇，以及在无尽的
抛光的地板上起舞的社交者，
迈步，迈侧步，一如弗雷德·阿斯泰尔[1]，
消失，消失，停泊于岸上某处。

友人已离开，大海了无遮蔽
大海曾飘满新鲜的绿水藻。
只有船舷生锈的货轮
驶过月亮没有市场的环形山
星辰是唯一的游乐船。

1937

1 弗雷德·阿斯泰尔（Fred Astaire），本名 Frederick Austerlitz，美国著名电影与百老汇舞蹈家、编舞家、歌手、演员。其舞蹈融合了古典舞、踢踏舞和黑人节奏舞等多种元素，金·凯利（Jim Carrey）曾评价道："电影舞蹈的历史始于阿斯泰尔。"

被发现者

献给威顿·加勒廷先生和哈罗德·丽兹先生

哦，为什么一只母鸡
会在仲夏
在西四街上
被车碾过?

她曾是一只白母鸡
——当然了，现在是红白相间。
她怎么会去那里?
她想要去哪里?

她翅上的羽毛
在柏油中扁平地铺展，
全都弄脏了，并且
薄如绵纸。

一只鸽子，是的，
或一只英格兰麻雀，
或许会遭遇这种命运，
但不是那只可怜的家禽。

就刚才，我走回去
再看一看。
我不曾梦见这个：
这儿有一只母鸡

变身为一句
以粉笔潦草写就的
古奥的乡谚
（除了喙）。

在窗下：黑金城[1]

献给莉莉·柯莱丽娅·德·阿劳霍[2]

对话很简单：关于食物，
或者，“我母亲给我梳头时很疼。”
“女人。”“女人！”穿红衣

和塑料凉鞋的女人，带着她们
几乎看不见的婴儿——在暑气中
一路盖到眼睛——解开襁褓，放低他们，

用脏手慈爱地掬水
给他们喝，这儿曾有一眼泉源
整个世界仍在这里停留。

---

1 黑金城（Ouro Prêto），位于巴西东南部米纳斯吉拉斯州的一座山城，巴西历史上淘金热的发源地。

2 莉莉·柯莱丽娅·德·阿劳霍（Lilli Correia de Araújo），毕肖普在黑金城的好友及恋人。

水曾经从三张绿皂石雕刻的
面孔中流出。（一张脸笑
一张脸哭；中间那张冷眼旁观。

补上了石膏，它们如今在博物馆。）
现在，水从一根简单的铁管流出，
强力的绳状水流。“冷的。”“冷得像冰。”

数世纪来大家一致这么说。
驴子同意，狗也同意，还有整洁小巧的
深绿色的燕子大胆用喙蘸水喝。

背麻袋的老人来了，拄着拐
再次蜿蜒前行。他停下，摸索着。
他终于掏出了他的珐琅茶杯。

裹在床单里的待洗衣物来了，
形单影只，高于地面三英尺。
哦不——下面藏着一个小男孩。

六只驴子跟随它们的“教母”
——那只披着橙色羊毛流苏的
羊毛球垂在眼上，系着铃铛。

它们当然会朝着水源改变走向
直到牲畜贩子的母马小跑起来，
被鞭绳抽瞎的一只眼在蹊跷的位置上。

一辆硕大的新卡车，梅赛德斯-奔驰
抵达，震慑了所有人。车声油漆着
搏动的玫瑰花蕾，保险杆说着：

“我来了，我是你们一直等的人。”
司机和副驾驶洗了洗
脸、脖子、胸膛。他们洗了洗脚，

洗鞋子，然后再把它们放回。
同时另一辆更旧的卡车驶来
在一股燃油的蓝色云烟中。它有一只

染上梅毒的鼻子。不过，

它勇敢的司机告诉过路人
“不值什么钱，但特别带劲。”

“她已经临产了两天。”“半导体
太费钱。”“作为午餐我们顺手牵走
被狗咬断脖子的倒霉鸭子。”

人类的七个世代能言善辩
满身泥污，感到干渴。
　　　　　　　　燃油渗入
死水渠的边缘

闪光，或者断断续续往上看，
宛如镜子碎块——不，比那更蓝：
宛如南美洲大闪蝶的碎片。

去糕饼店

（里约热内卢）

月亮未像在别的夜晚
那般凝视着海洋，
却俯瞰着科帕卡瓦纳大道
那些对她而言新颖

却也平凡的名胜。
月亮斜倚在松弛的架空线上。
下方，轨道斗折蛇行于
头尾相接停泊的车列。

（锡皮有一种属于垂死的
正在萎软的玩具气球的虹彩。）
轨道终结在一池水银中；
电线，在月亮充满磁性的

邀请下，起飞去往
遥远的星云中嗥叫。
糕饼店灯光昏热。在
我们配给供应的电流下

圆圆的蛋糕似乎就要晕倒——
每只都翻出涂釉的白眼。
红彤彤的蜜糖馅饼愤愤不平。
买啊，买啊，我该买什么？

现在，面粉里掺上了
玉米粉，一条条面包横卧
仿佛黄热病人
被露天放倒在拥挤的庭院。

同样病恹恹的糕点师，建议我买
“牛奶卷”，它们还热乎乎的
并且是奶制品，他说。它们
摸起来像是婴儿的手臂。

在假杏仁树的

皮树叶下，孩子气的雏妓[1]
舞蹈，狂热如一枚原子：
嚓嚓，嚓嚓，嚓嚓……

在我的公寓楼前
一个黑人坐在黑影中，
卷起衬衫，展示他黑色的
看不见的肋上的一条绷带。

卡查卡[2]的香气击溃了我，
犹如撞车事故中的汽油味。
他满口胡言乱语。
绷带发亮，雪白崭新。

我给了他七分钱，用我的
美妙货币，出于习惯
道了声“晚安”。哦，卑鄙的习惯！
就没有一个词语更机灵或更美满？

---

1 原文中为葡萄牙语，后文中“嚓嚓……”“卡查卡”等亦相同。

2 卡查卡（cachaça），一种巴西朗姆酒，由甘蔗蒸馏而成。

V

辑五

地理学III

（1976）

∞

献给爱丽丝·梅斯菲索[1]

1 爱丽丝·梅斯菲索（Alice Methfessel），毕肖普晚年直至去世期间的恋人。两人于1970年在哈佛相遇，26岁的梅斯菲索时任行政助理，59岁的毕肖普刚离开巴西前来教书。毕肖普一些重要诗作是为梅斯菲索而作，包括《一种艺术》和生前未出版的《早餐之歌》等。两人曾一起云游北非、拉普兰、加拉帕戈斯群岛等地。毕肖普在遗嘱中指定梅斯菲索为文学遗产执行人。

选自《地理学初步》，蒙泰斯地理系列，

A.S. 巴恩斯公司，1884

第六课

地理学是什么？

对地球表面的描述。

地球是什么？

我们栖身的行星或天体。

地球的形状是什么？

圆的，像球。

地球表面由什么组成？

陆地，还有水。

第十课

地图是什么？

地球表面全体，或者部分的一张图画。

地图上的方位是什么？

向上的是北；朝底的是南；向右的是东；向左的是西。

从画的中心看起，岛屿位于哪个方向？

北面。

火山位于哪个方向？海角呢？海湾呢？湖泊？海峡？山脉？地峡？东面有什么？西面呢？南面？北面？西北？东南？东北？西南有什么？

五台阶之上

仍是
黑暗。
未知的鸟儿坐在往常的树枝上。
隔壁的小狗在梦中
狐疑地吠着，仅一次。
或许鸟儿也一样，一次或两次
以颤音在梦中问询。
问题——如果它们就是那种东西——
直接地，简洁地
被白昼回答。

盛大的清晨，呆板沉重，一丝不苟；
灰光给每根秃枝洒上条纹，
每株枝丫，沿着一侧，
制造另一棵树，叶脉如玻璃……
鸟儿仍坐在那儿。现在他似乎打起呵欠。

小黑狗在庭院里飞奔。
他主人的声音严厉地响起，
“你应该觉得可耻！”
他做了什么？
他开开心心地上跳下蹿；
他在落叶丛中跑圈。

很显然，他没有羞耻感。
他，还有鸟儿，知道一切已被回答，
已被照看，
不必再问。
——昨日被这般轻盈地带入今天！
（一个我发现几乎无法高举的昨日。）

一种艺术[1]

失去的艺术不难掌握；
如此多的事物似乎都
有意消失，因此失去它们并非灾祸。

每天都失去一样东西。接受失去
房门钥匙的慌张，接受蹉跎而逝的光阴。
失去的艺术不难掌握。

---

1 本诗为维拉内勒体（Villanelle），16 世纪开始源于法国的十九行诗体，由五节三行诗与一节四行诗组成，第一节诗中的一、三句为叠句并且押尾韵，在其余诗节第三句交替重复，直至最后一节中同时重复，译诗原样复制。一般认为维拉内勒体的正式确立始于让·帕斯华（Jean Passerat）的法语名诗《我丢失了我的小斑鸠》（1606）。Villanelle 一词源于拉丁文，原指田园牧歌或民谣。本诗写于毕肖普与爱丽丝·梅斯菲索恋爱关系的危机期，后者当时与一名男子有过短暂的婚约。根据两人共同好友劳埃德·史沃兹（Lloyd Schwartz）的看法，这首诗在一定程度上挽救了两人的关系。史沃兹说："我想，写作这首诗的过程救了她（毕肖普），她当时已陷入绝望。"梅斯菲索后来取消了婚约，两人相伴直至毕肖普去世。

于是练习失去得更快、更多：
地方、姓名，以及你计划去旅行的
目的地。失去这些不会带来灾祸。

我丢失了母亲的手表。看！我的三座
爱屋中的最后一座、倒数第二座不见了。
失去的艺术不难掌握。

我失去两座城，可爱的城。还有更大的
我拥有的某些领地、两条河、一片大洲。
我想念它们，但那并非灾祸。

——即使失去你（戏谑的嗓音，我爱的
一种姿势）我不会撒谎。显然
失去的艺术不算太难掌握，
即使那看起来（写下来！）像一场灾祸。

麋鹿

献给格蕾丝・布尔默・鲍厄斯[1]

从鱼、面包和茶叶的
狭长省份，
绵长的潮水之家
海湾在那儿一日两次
离开海洋
带鲱鱼去做漫长的旅行，

那儿，河流在
褐色泡沫的墙中
前涌还是退落
取决于它遇见的

---

1 格蕾丝・布尔默・鲍厄斯（Grace Bulmer Bowers），毕肖普的阿姨。父亲早逝，母亲被关入精神病院的童年时代，新斯科舍的格蕾丝阿姨对毕肖普是个替代母亲的人物。毕肖普常年与这位“最喜欢的阿姨”保持书信往来，曾致信告诉后者自己在写一首题献给她的诗，可惜《麋鹿》完成时，格蕾丝阿姨已不在人世。

是正在涌入的海湾
还是离家的海湾；

那儿，有时候
淤泥红的太阳沉落
面对一片红海，
别的时候，洼地的淡紫
经脉般分布于水面，
燃烧的溪流中的沃土；

在红色的砾石马路上，
沿着一排排糖枫树，
越过桶板农庄，以及
漂白的、蛤壳般多脊的
整洁的桶板教堂，
越过双胞胎白桦树，

穿过傍晚
一辆西行的巴士
挡风镜闪着粉红色，
从金属上弹开的粉红，

刷过凹陷的蓝色车侧
搅匀的珐琅；

驶下空谷，复又上升，
耐心地等待着，此时
一名孤独的旅行者
向七个亲戚送上
亲吻和拥抱
一条牧羊犬监视着。

再会了，榆树，
再会了农庄，再会了狗。
巴士启动。光线
更为丰富；大雾，
摇曳着，含盐、稀薄，
聚拢过来。

它寒冷、圆润的晶体
成形，滑动，落定在
白母鸡的羽毛中，
在光溜溜的灰色卷心菜中，

在洋玫瑰上
羽扇豆犹如使徒。

甜豌豆附着在
它们湿润的白弦上
在粉刷过的篱笆上；
大黄蜂蠕动着
潜入毛地黄花簇，
夜晚拉开了序幕。

一站停靠巴斯河。
接着是伊柯诺米地区
下省，中省和上省；
五岛站，五屋站，[1]
那儿，一个女人晚餐后
抖开了桌布。

---

1 伊柯诺米地区（the Economies）、五岛（Five Islands）、五屋（Five Houses）都是新斯科舍省地名，其中五岛位于科尔奇斯特郡米纳斯盆地（Minas Basin）北岸，从那儿可以看到世上最高的潮汐（见本诗开篇）。五岛包括沿海岸线分布的五座小岛：麋鹿岛、钻石岛、长岛、蛋岛和峰岛，或许麋鹿岛（Moose Island）的名字与诗题"麋鹿"（The Moose）有某种神秘的关联，亦未可知。

一道苍白的闪光。消失了。
坦特拉玛沼泽
还有咸干草的气味。
一座铁桥颤抖着
一块松动的木板咔咔作响
但并未垮掉。

左侧，一盏红灯
游过黑夜：
一艘船的左舷灯。
两只橡皮靴显现，
发光，庄严。
一只狗吠了一声。

带着两只购物袋
一名妇女上车来，
敏捷，满脸雀斑，年迈。
“夜色真好。是的，先生，
一路直到波士顿。”
她友好地向我们致意。

月光随我们进入
新布伦斯维克树林：
毛绒绒，刺痒，易碎；
月光和迷雾
陷入树的囹圄，如草场上
灌木中缠住的羊羔绒。

乘客们向后倚。
鼾声。几声长叹。
一次梦幻的流浪
在夜间开始，
一种温柔的、诉诸双耳的
舒缓的幻觉……

在裂声与噪声中，
一段古老的对话
——无关我们，
却可辨认，在汽车
后排的某处：
外祖父母的声音

不间断地
响起，在永恒之中：
被提及的名字，
终于被澄清的事；
他说了什么，她说了什么，
谁领取退休金；

死亡，死亡和疾病；
他重婚的年份；
（某事）发生的年份。
她死于难产。
他就是帆船沉没时
那个死去的男孩。

他染上酒瘾。是的。
她堕落了。
阿摩司开始祈祷
连商店里也不放过
最后家人只好
送他离开。

"是的……"那古怪的
肯定句。"是的……"
一种尖锐的、向内吸入的死，
半是呻吟，半是接受，
意味着："生活就是那样。
我们了解它（也了解死亡）。"

他们聊着天，像从前躺在
旧羽毛床上那样，
安谧地，持续着，
那时客厅里灯火暗淡，
狗在厨房里蜷进
她的披巾。

现在，现在没事了
就算坠入梦乡
一如所有那些夜晚。
——突然，巴士司机
猛地刹车，
熄掉车灯。

一只麋鹿走出
无法穿透的树林
站在路中央，或者
不如说是赫然耸现。
它走近来；嗅着
巴士灼热的发动机罩。

巍峨，没有鹿角，
高耸似一座教堂，
朴实如一幢房屋
（或者安全如房屋）。
一个男人的声音劝慰我们
“绝不伤人……”

一些乘客
压低嗓门惊叹，
孩子气而柔声地，
“真是大家伙。”
“长得够普通的。”
“瞧！是只母鹿！”

她不慌不忙地
细细打量着巴士，
气魄恢宏，超尘脱俗。
为什么，我们为什么感到
（我们都感觉到了）这种甜蜜
欢喜的激动？

“是些怪家伙，”
我们安静的司机评论着，
把“r”发成卷舌。
“你们看看那个。”
接着他换了挡。
又过了一会儿

向后转过头，就还能
在月光盈盈的碎石路上
看见那只麋鹿；
后来，飘过一股淡淡的
麋鹿味，再后来
一阵刺鼻的汽油味。

在候诊室

在马萨诸塞州伍斯特，
我陪康苏埃拉阿姨
去赴牙医会诊。
在牙医的候诊室
我坐着等她。
那是冬季。天黑得
很早。候诊室
充满成年人，
穿着御寒防水套鞋和厚大衣，
充满灯与杂志。
我的阿姨在里面
感觉待了许久，
我边等边读
《国家地理》杂志
（我能读）一丝不苟地
研究那些照片：

一座火山的内壁，
漆黑，覆满灰尘；
接着是它溢出
火焰的小溪流。
欧莎和马丁·约翰逊
穿着马裤，
蕾丝靴，戴着木髓太阳帽。
一个死人挂在柱子上
——“长猪猡。”船长说。
生着尖脑袋的婴孩身上
一圈一圈盘着铁丝；
黝黑的裸女脖子上
一圈一圈缠着电线
如同灯泡的脖子。
她们的乳房真骇人。
我径直把它读完。
我太害羞，不敢停下来。
接着我看看封面：
黄色页边，出版日期。

突然，从室内

传来一声疼痛的尖叫：“哦！”
——康苏埃拉阿姨的声音——
不很响也不很长。
我一点也不惊讶；
早在那时，我就知道
她是个愚蠢而腼腆的女人。
我本来或许会感到尴尬，
却没有。令我
大吃一惊的是
那是我：
我口中的声音。
来不及想，
我就是我愚蠢的姨妈，
我——我们——在坠落，坠落，
我们的眼睛胶着在
1918 年 2 月号的
《国家地理》封面上。

我对自己说：还有三天
你就七岁了。
我这么说是为了

抑止坠落的感受：
从这旋转的球形世界
坠入寒冷的、蓝黑的空间。
但我感到：你就是一个我，
你就是一个伊丽莎白，
你是伊丽莎白们中间的一个。
为什么你也该是其中之一？
我几乎不敢看
看清我到底是什么。
我斜睨了一眼
——我无法看得更高——
那些影影绰绰的灰色膝盖，
裤、裙、靴
许多双不同的手
平铺在灯下。
我知道，再也不曾发生过
更奇诡的事，再也不可能发生
更奇诡的事。

为什么我会是我的姨妈，
或者我，或者任何人？

怎样的相似——
是靴子、手、我在喉咙中感到的
家族嗓音，甚至是
《国家地理》杂志
和那些可怕的下垂的乳房——
把我们聚在一起
或使我们成为一体？
怎样的——我不知道
该用什么词——怎样的“不可能”……
我是如何来到此地，
像他们一样，并且窥听到
一声本可以更响、更恐怖
却并未这样的疼痛叫嚷？

候诊室明亮
过分闷热。它在滑入
一排巨大的黑浪之下，
又一排，又一排。

然后我又回到其中。
战争正打响。室外，

在马萨诸塞州的伍斯特，

是夜晚、雪泥和寒冬，

日期依然是

1918年2月5日。

克鲁索在英格兰

报上写：
一座新火山喷发了，上周我读到
一艘船目睹了一座岛屿的诞生：
起先是十英里外的一股蒸汽；
接着一枚黑点——可能是玄武岩——
在大副的双筒望远镜里升起
挂上了地平线，像只苍蝇。
他们为它命名。但我可怜的老岛
仍未被发现，无法重新命名。
没有一本书曾把它整对。

好了，我有五十二座
凄惨的小火山，可供我攀爬
只消迈出溜滑的几步——
火山死寂，犹如灰堆。
我过去常坐在最高的火山口边

清点其他矗立的火山，它们
赤身露体，郁郁不乐，脑袋被炸飞了。
我会想，若它们的尺寸
和我认为的火山相同，那我已经
变成了一个巨人；
如果我变成了巨人，
我无法忍受去想
山羊和海龟是什么尺寸，
还有海鸥，还有叠织的巨浪
——微光粼粼的巨浪的六边形
围拢呵，围拢，却从未真正靠近，
闪光啊闪光，虽然天空
多数时候布满阴云。

我的岛屿似乎是
一种云堆。整个半球的
残云都赶来，悬挂在
火山口上方——它们焦灼的喉咙
摸起来滚烫。
这就是为什么雨水不断落下？
这就是为什么，整片地方有时嗞嗞作响？

海龟笨拙地走过，圆壳耸得高高，
发出茶壶般的嗞嗞声。
（毫无疑问，我会交付许多年
来交换随便哪种茶壶，或者取走几年。）
岩浆的褶皱，奔涌入海，它们
会嗞嗞叫。我会转身。接着会出现
更多的海龟。
海滩淌满岩浆，斑斓驳杂，
黑，红，白，灰；
大理石色彩的缤纷展览。
并且我有水龙卷。哦，
每次半打，它们将远远地
来来去去，前进，退隐，
脑袋在云中，脚在移动的
损蚀的白色碎屑里。
玻璃烟囱，灵活纤细，
祭司的玻璃器皿……我观看
水在其中螺旋上升，宛如烟云。
美妙，没错，但不是什么好伴侣。

我常常屈服于自怜自哀。

“我只配这种处境？我想一定是。
否则我压根不会在此地。是否曾有
某个时刻，我当真选择了这里？
不记得了，但这并非不可能。”
说白了，自怜自哀有什么错？
我的双腿无拘无束地晃荡在
火山口的边缘，我告诉自己
“同情应当始于家中。”所以
我越是自怜，就越觉得在家般舒坦。
太阳沉落入海；同样奇异的太阳
自海中升起，
众太阳中的一个太阳，众我中的一个我。
万物在岛上都有一个样品：
一只树蜗牛，明艳的蓝紫色
蜗壳纤薄，爬过万事万物，
爬过形形色色的树中
一棵乌黑的小灌木。
蜗壳成堆地躺在树丛下
并且，从远处看，
你会赌咒它们是鸢尾花圃。
有一种莓果，暗红色。

我试着尝了尝，一颗又一颗，间隔数小时。
微酸，不难吃，没有不良反应；
所以我做了家酿果酒。我畅饮
那可怕的、泛着泡沫的、刺舌的饮品
直接上了头。
我吹奏自制的长笛
（我想它有世上最诡异的音域）
头晕目眩，在山羊群中呐喊并手舞足蹈。
家酿，自制！但我们不都是这样？
我对我最微不足道的岛屿工业
产生了深深的眷恋。
不，这不确切，因为最微不足道的
是一种悲惨的哲学。

因为我知道得尚不够多。
为什么我不曾就某事知道得足够多？
希腊戏剧，或者天文学？我读过的
那些书本满是白页；
诗歌——喏，我试过
给我的鸢尾花圃背颂诗，
“它们在内眼之上闪烁

那是狂喜……”[1] 什么的狂喜？
我回家后首先做的事情之一
就是把这个查清楚。

岛屿充盈着山羊和鸟粪的气味。
山羊是白色的，海鸥也是，
两者都太温驯，不然就是
以为我也是一只山羊，或海鸥。
咩、咩、咩，还有喳、喳、喳
咩……喳……咩……我依然无法
从耳中抖落这声音；现在它们刺痛着我。
探询的喳声，两可的回答
越过一片雨声嗞嗞的土地，
越过嘶嘶作响的、漫步的海龟，
让我心烦不已。

当所有的海鸥一齐飞走，那声音
就像强风中一棵巨树的叶片。

---

1 出自英国湖畔派诗人威廉·华兹华斯（William Wordsworth）的名诗《我孤独地漫游，像一朵云》（*I Wandered Lonely as a Cloud*）。

我会闭上眼睛，想象一棵树，
比如说，某处一棵橡树，有真正的树荫。
我听说过得了岛屿病的畜群。
我想山羊们正是得了这种病。
一只公山羊会站在被我施洗命名为
希望之山[1]或绝望之山的火山上
（我有足够的时间琢磨名字），
咩咩叫唤，嗅闻空气。
我会抓住他的胡子，看着他。
他水平的瞳仁，眯缝着

什么也不表达，或者显示一点恶意。
我对那些颜色真是厌烦至极！
有一天，我用红莓把一只小山羊的胡子
染得鲜红，只为了稍许
看点新鲜东西。
然后他母亲就无法认出他。

最糟糕的是梦。我当然梦见过食物

---

1 Mont d'Espoir，原文为法语。

还有爱情，但它们令人愉悦
而非相反。可接着我就会梦见自己
割破婴儿的喉咙，错把它当成了
小山羊。我会做
关于其他岛屿的噩梦，它们
从我的岛屿延展开去，无穷无尽的岛屿
岛屿繁衍岛屿，
如同青蛙卵变身为蝌蚪般的岛屿。
我知道，我最终不得不
住在其中每一座岛上，
世世代代，登记它们的植物群、
动物群，登记它们的地理。

就当我觉得自己
一分钟也不能再忍受，星期五来了
（关于这事的记载弄错了一切）。
星期五是好人。
星期五是好人，我们是朋友。
要是他是个女人就好了！
我想繁衍后代，
我想他也是，可怜的小伙。

他有时会爱抚小山羊，
和它们赛跑，或抱着一只四处走。
——赏心悦目的一幕；他有健美的身躯。

然后有一天，他们来了，把我们带走。

现在我住在这里，另一座岛，
虽然它看起来不像岛，但谁又能断定？
我的血液中充满岛屿；我的脑海
养育着岛屿。但那群岛
已渐次消失。我老了。
同时我厌倦了，喝着真正的茶叶，
被无趣的木料包围着。
刀放在架上——
散发意义的浓郁气味，犹如十字架。
它有生命。曾有多少年
我祈求它，恳求它不要断裂？
我对它的每一处刻痕与刮痕了如指掌，
浅蓝的刀刃，破碎的刀尖，
手把上木雕的纹路……
现在它完全不再看我。

鲜活的灵魂已涓涓淌尽。
我的目光停留其上又开溜。

当地博物馆曾请求我
把所有的东西都捐给他们：
长笛、刀、皱缩的鞋，
我那开口的山羊皮裤
（飞蛾入驻了毛皮），
那把遮阳伞——我花了那么多时间
才记住伞骨张开的正确方向。
它还能用，但已被收起，
看起来像一只拔光毛、皮包骨头的家禽。
怎会有人要这种东西？
——而星期五，亲爱的星期五，死于麻疹
在十七年前的三月。

夜城

（写于飞机上）

没有脚可以忍受，

鞋子太单薄。

破碎的玻璃，破碎的瓶，

成堆焚烧。

在那火焰上方

没有人能行走：

那些灼烁的酸

和斑斓的血液。

城市焚烧眼泪。

一面聚拢的

海蓝宝石湖水

开始生烟。

城市焚烧罪业。
——为了摆脱罪
中央供暖
必须开那么强。

半透明的淋巴，
明亮肿胀的血液，
成为黄金凝块
向外溅落到

熔化的、夜光的
绿莹莹的硅酸盐河流
在黑暗的郊区
奔涌的地方。

一池沥青
一名大亨
独自啜泣，
一轮涂黑的月亮。

摩天大厦上

另有人哭泣。
看哪！它白炽的
电线滴着水。

那场大火
在一片可怖的真空中
为空气而战。
天空已死。

（上方仍有一些造物，
小心翼翼。
他们落脚，走路
绿，红；绿，红。）

三月末

献给约翰·马尔康·布列宁和比尔·里德，写于达克斯伯里

寒冷多风，不是什么
适合在长长的海滩上漫步的好日子。
万物尽可能远地撤退
缄默：远处的潮汐，缩水的海洋，
孤单或成双的海鸟。
喧扰、冰冷、近岸的海风
吹木了我们的一侧脸；
吹散了一长串
加拿大野雁的阵形；
并在垂直的、钢铁似的雾霭中
吹退了低回而噤声的巨浪。

天空比海水更深
——它是羊脂玉的色彩。
沿着潮湿的沙滩，我们足蹬橡皮靴

追随一串大狗的脚印（那么大
简直像狮子的）。然后我们走在
一根绵长无尽、潮湿的白弦上，
蜿蜒至涨潮线，又深入水中，
循环往复。终于到了尽头：那是
一个与人等大的稠密白结，被波浪洗刷
在每朵浪花上升起，湿淋淋的幽魂，
又随潮水退落，浑身湿透，咽着气……
一根风筝线？——可是没有风筝。

我想一直走到我原梦的屋子，
我的密码梦幻屋，那畸形的盒子
安置在木桩上，屋顶板是绿色的，
洋蓟般的房屋，唯独更绿一些
（可是用苏打水的碳酸氢盐煮过？）
用一道栅栏隔开春潮，那栅栏
——可是火车枕木？
（关于此地的许多事都疑窦重重。）
我想在那儿退隐，什么都不做，
或者不做太多，永远待在两间空屋中：
用双筒望远镜看远处，读乏味的书，

古老、冗长、冗长的书，写下无用的笔记，
对自己说话，并在浓雾天
观看小水滴滑落，承载光的重负。
夜晚，喝一杯美利坚掺水烈酒[1]。
我会以厨房里的火柴点燃它
可爱的、半透着光的蓝色火苗
将会摇曳，在窗里成双。

那儿一定得有个小火炉；那儿有烟囱；
歪斜却绷着电线，
或许还有电
——至少，背面有另一根线
无精打采地将这一切
拴在沙丘背后的什么东西之上。
一盏可供读书的灯——太完美了！但——不可能。
那日的海风过于凛冽
甚至走不到那么远，
自然，房子一定封上了木板。

1　a grogà l'américaine，原文为法语。

归家路上，我们的另一侧脸也冻僵了。
太阳探出头来，转瞬即逝。
就那么一分钟，在它们多沙的斜切面间
那些土褐色、湿漉漉、四散的石头
呈现斑斓的色彩，
所有足够高的岩石都投下修长的影子，
各自的影子，接着又将影子拽回。
它们可能是在嘲弄太阳这头狮子，
现在他却已然跑到它们身后
——最后的落潮时分沿海滩漫步的太阳，
踩出那些巨大恢宏的爪印，或许这狮子
为了日后玩耍，把风筝拍出了天外。

物体与幽灵[1]

献给约瑟夫·康奈尔[2]

树与玻璃的六面体，
不比鞋盒大多少，
其中可容下夜晚，和它所有的光。

每一瞬间的纪念碑，
用过的、每一瞬间的废物
承载无限的鸟笼。

大理石、纽扣、顶针箍、骰子、

---

1 这首诗实际上由毕肖普译自墨西哥诗人奥克塔维奥·帕斯（Octavio Paz），但在全集中依然被收入《地理学Ⅲ》，并且只在诗尾页底以一行斜体小字标注。后世有一些选集将此诗拿出，收入毕肖普译诗集中，显然这并非毕肖普的原意。

2 约瑟夫·康奈尔（Joseph Cornell），美国画家、雕塑家、实验电影导演，装置艺术重要先驱，深受超现实主义影响。代表作品包括分格盛有各种或奇异或普通物件的"影盒"，这些盒子是一种材质、形式与光影交相变幻的迷人装置，本身就是一首首视觉诗。毕肖普十分赞赏康奈尔的作品，并拥有一只这样的盒子。

别针、邮票、玻璃珠：
时间的童话。

记忆编织又拆开回声：
在盒子的四角
无影的淑女们玩着捉迷藏。

火焰埋葬在镜子深处，
水，沉睡在玛瑙中：
詹妮·科隆和詹妮·林德的独奏。

德加说：“我们得像犯一宗罪一样
去画一幅画。”你却构筑了盒子
事物在其中逃离它们的名字。

幻境的自动贩卖机，
对话的冷凝瓶，
蟋蟀与星座的旅馆。

极少的、断断续续的碎片：
历史的反面，废墟的创造者，

自你的废墟中，你有所创造。

鬼魂的剧院：
物体把同一律
放入圈套里。

“花冠大酒店”：一只药水瓶中，
大棒三[1]和惊诧不已的拇指姑娘
在一座倒影的花园里。

梳子是一架
天生失语的小女孩
以漫不经心的目光弹拨的竖琴。

内眼的反射器
将奇观散成碎片：
绝灭的世界上方只有孤零零的上帝。

---

1 大棒三（The three of clubs），塔罗牌“棒”花色中的第三张，有时也称 the three of wands。

幽灵们现身了，
身体比光还轻，
寿命和这个短句一样长。

约瑟夫·康奈尔：在你盒中
有那么一瞬，我的词语显形。

译自奥克塔维奥·帕斯的西班牙语诗作

VI

辑六

北海芬

（1978—1979）

∞

新诗与未收录之诗

北海芬

纪念罗伯特·洛威尔[1]

我能辨认出一英里外
纵帆船上的绳缆；我能清点
云杉上新生的球果。苍蓝港湾
如此宁谧，披着乳色肌肤，空中
无云，除了一条绵长的、蓖好的马尾。

群岛自上个夏天起就不曾漂移，
即使我愿意假装它们已移位
——凫游着，如梦似幻，
向北一点儿，向南一点儿或微微偏向

1 此诗写于1977年9月洛威尔去世后不久，一年后正式发表。北海芬（North Haven）是美国缅因州诺克斯县皮诺波斯科特海湾畔的滨海小镇。1974年，毕肖普在此租屋，生命中最后几个夏季常常在此度过，住在北海芬以北卡斯汀村的洛威尔曾来此看望她。毕肖普曾在笔记本中写此处是个远离纷扰的理想隐居所："从住处可以看见水域，一整片巨大的水域，还有田野。岛屿十分美丽。"

并且在海湾的蓝色界限中是自由的。

这个月，我们钟爱的一座岛上鲜花盛开：
毛莨、朝颜剪秋罗、深紫豌豆花，
山柳菊仍在灼烧，雏菊斑斓，小米草，
馥郁的蓬子菜那白热的星辰，
还有更多花朵重返，将草甸涂抹得欢快。

金翅雀归来，或其他类似的飞禽，
白喉雀五个音节的歌谣，
如泣如诉，把眼泪带入眼中。
大自然重复自身，或几乎是这样：
重复、重复、重复；修改、修改、修改。

多年以前，你告诉我是在此地
（1932年？）你第一次“发现了姑娘们”
学会驾驶帆船，学会亲吻。
你说你享受了“这般乐趣”，在那经典夏日。
（“乐趣”——它似乎总让你茫然失措……）

你离开北海芬，沉锚于它的礁石，

漂浮在神秘的蓝色之上……现在你——你已
永远离开。你不能再次打乱或重新安排
你的诗篇（鸟雀们却可以重谱它们的歌）。
词语不会再变。悲伤的朋友，你不能再改。

1978

粉红狗

（里约热内卢）

天空蔚蓝，烈日高照。
遮阳伞给海滩穿上缤纷衣袍。
你赤条条地沿着大道一路飞跑。[1]

哦，我从未见过一条狗这样一丝不挂！
精赤，粉红，没有一根毛发……
受惊的行人后退，把眼瞪大。

当然，他们怕狂犬病怕得要死。
你没疯；你无非得了疥疮而已
看起来仍很聪明。你的狗崽在哪里？

1　原诗为五步抑扬格三韵体诗，韵脚为 aaa，bbb，ccc……译文对应模仿。

（乳头低垂，是位乳母。）可怜的娼妇
你把它们藏在哪个贫民窟？
而你自己外出乞讨，靠头脑对付？

你不知道？报纸上早已无处不在，
为解决这个问题，他们怎么处理乞丐？
他们抓住乞丐，往涨潮的河里甩。

是咯，傻子、瘫子、寄生虫
在退潮的污水里踉跄走动，
在没有灯光的郊区夜色中。

要是他们如此对付每个乞讨者，
嗑药的、喝醉的、清醒的、有腿没腿的，
他们会怎么对付病恹恹的狗，四腿的？

在咖啡馆，在人行道拐角处
玩笑传开了：所有乞丐，只要能担负
现在都穿上了救生服。

就你的情况，你甚至不会有办法

上浮，更别提施展狗爬。
好了，现在实际的、理智的做法

就是戴上嘉年华假面。
不能成为眼中钉，今夜你不可冒这险。
但永不会有人在一年里这个时间

发现一条狗刷着睫毛膏。
圣灰星期三会来，但嘉年华已到。
你将跳什么桑巴？穿什么外套？

他们说，嘉年华正在衰落
——无线电，美国人，或其他啥，
已经彻底毁了它。他们只不过说说。

嘉年华永远神奇璀璨！
一条褪毛的狗可不耐看。
打扮起来！去嘉年华狂舞，打扮！

1979

十四行诗

俘获了——水平仪中的
泡沫，
一个生物分离；
罗盘上的针
摇摆着，轻颤着，
悬而未决。
自由了——破碎的
温度计水银
逃逸；
还有那只彩虹鸟
来自空镜子
那狭窄的斜角，
飞向随便哪个

它感到快活的[1]地方！

1979

1 快活的（Gay），双关语，此处亦可作“同性恋”解。

VII

辑七

换帽子

（1933—1969）

∞

未收录之诗

洪水

它先找到公园，随后树木
　　开始波动，变湿；
但所有熄灭的交通都知道
　　它将淹没教堂尖塔。

垮掉的房子，成排的砖，
　　清晰如石英；色彩变淡
成为紫水晶，——烟囱顶管
　　还有风向标，直立如鱼鳍。

缓缓地，沿着流动的街道
　　汽车和手推车，突着眼珠，
涂着鲜艳的珐琅彩，像敞口鱼，
　　顺着郊外的潮汐漂流返家。

沿着轻缈的上湖滩

　　通向微光灼烁的天空
两只矶鹬踏出并留下
　　四道巍峨干燥的星痕。

越过水中的城市，
　　绿丘陵成为绿苔遍生的海螺；
教堂里，为警告上方的船只，
　　他们敲了八次钟。

1933

和你说句话

小心！又是那该死的猩猩
沉默地坐着，直到他离开，
或者，忘了他知道的
关于我们的事（无论那是什么），然后
我们才能再度开口。

你可曾试过玩自己的戒指?
我发现，有时那会令他们镇静。
（亮闪闪的物体能催眠大脑。）
使他的注意力集中在某物之上——
随便什么都好——哪，试试你的戒指。

微光令他欢欣。你看
他眯缝起眼睛；嘴唇松松垂着。
你刚才说什么?——哦，上帝，有什么用，
既然如今鹦鹉追踪我

而猴子们都已苏醒。你看

这有多难，你理解
我们所居于其中的神经性紧张——
为什么，仅仅一个甘美的形容词
就能激怒整个该死的乐队
他们正为此争论不休。我理解

一些人干得更出色。如何做到？
他们毫无情感地对待生灵。
——投掷书本，止住猴子的尖叫，
打猩猩耳光，命他弯腰，
坚定不移，恪守秩序——但我不知如何做到。

快点！那是葵花鹦鹉！他听见了！
（他不能忍受任何形式的机巧。）
——请务必小心，免得被咬；
没什么能躲过那只大鸟。
——安静点——现在，猩猩已窥听到。

1933

山峦

傍晚，身后有东西。
我吓了一跳，面色苍白，
或是蹒跚停步又燃烧。
我的年纪我不知晓。

早晨就不一样。
一本打开的书与我对峙，
挨得太近，无法畅快阅读。
告诉我，我有多老。

而那些山谷向我耳中
填入棉花般的
穿不透的迷雾。
我的年纪我不知晓。

我并不打算抱怨。

他们说，是我的错。
没有人告诉我任何事。
告诉我，我有多老。

最深的界线
也会慢慢延展，消褪
就像所有的蓝文身。
我的年纪我不知晓。

阴影落下，光在攀爬。
登高的光，哦，孩子！
你待得从来不够久。
告诉我，我有多老。

石头翅膀在此筛过
羽毛硬化着羽毛。
爪子已在某处遗失。
我的年纪我不知晓。

我正变聋。鸟鸣声
逐渐消匿。瀑布们

不经擦拭地落下。我几岁了？
告诉我，我有多老。

就让月亮去高悬，
让星星去放飞它们的风筝。
我只想知道我的年纪。
告诉我，我有多老。

1952

换帽子

无趣的大叔们坚持要
试戴一顶淑女帽，
——哦，即使玩笑失去味道，
即使我们尴尬不已

仍与你共享这小小的异装癖。
服饰和习俗扑朔迷离。
异性的头饰
激发我们试验的灵感。

在海滩，没有雄蕊的阿姨们
膝头放着纸盘子，不停地
戴上帆船运动员的便帽
发出暴露狂的尖叫，

帽舌垂在耳朵上

以至金色锚饰拖拉着，
——时尚潮流从不滞后。
这种帽子明年可没法再戴。

或者你们这些身披纸盘的人
在上面放了几串葡萄，
或者炫耀印第安人的羽毛帽，
——变态会加剧恶化

帽匠天生的疯狂。[1]
假如礼帽坍塌
而王冠漏风，那么或许他
会心想主教冠冕又能怎样？

无趣的大叔，你戴了一顶
太大的帽子，或者太多顶，
可否告诉我，你的黑色软毡帽
里面有没有藏着星星？

1　典出刘易斯·卡罗尔（Lewis Carroll）《爱丽斯漫游仙境》中“疯狂的帽匠”一角。

堪作典范的苗条阿姨，
生着地狱般的双眼，我们纳闷
在硕大、凉爽、翻下的帽檐下
它们目睹了什么缓慢的变化。

1956

三首给眼睛的商籁

I　潮水坞

退潮的水会如此谨慎
好让我们相信那儿令人作呕的裂声
是我们脑中的幻听。“多么盲的
眼睛！”它说（拖着它滑溜溜的脚丫），
“现在它们留下空洞的真相，一如天使之眼
看着古老的墓石；看穿了坟茔。
你自己的心脏把你双眸的色彩泵入潮水
将蓝色一直填满至地平线上。”

哦等等！从那之外它正弥合色彩的复仇
从它被中止的财富里取得最炫目的利息……
很快所有骇人的眼窝都会丰盈恢复健康，
越过凹陷的眼角偷走它虹膜的蓝色静脉。
视力并非如此轻易地来自感官。看

你的眼睛重新鼓起，完整，向你闪耀！

II

他们始终都盯着彼此的眼睛看
看，我在这儿，在其中！你温暖——哦，再看看！
我知道，你知道所有别处目瞪口呆的徒劳：
乏味瞠视的眼，宽贬的眼，错误臆测的斜视的眼
而我们的眼沉默着，沉默；对他们而言是
扫视是哑巴中介，从它的扫拂和奇怪微笑中
转动脸颊：（第二场被白昼误解的
持续终夜的睡眠）它自己的即时翻译官。

鸟儿齐声尖叫，从紫杉降落
像要连根拔起它们，用风暴和歌声带走它们。
风儿戛然而止；披盔甲的太阳鸣响着
向地面坠落，它的黄金已碎裂。夜晚排山倒海，
我们认为（我知道我们）所幸它以睫毛，
缄默的眼睑，这些眼睛，荫蔽了那些恋人。

III

你的感官太过迥异，无法取悦我——
触碰我可以；整整二十个指尖上
分割的差异。但听觉距离你那里
有漫长的数里格，彼处荒野增长……看
肉体森林，神经布满叶脉，疼痛之星花朵盛开，
耳蚁在何处颤抖，毫无线索。
自那里的何处，一个陌生人转入了视线？
颅骨中，你的眼睛是否庇护着柔软闪亮的鸟儿？

不是在你上方，就是在你墓石上雕刻的天使上方
我将忍受眼睛，并凝视它们。一旦你死去
秘密就在于前额（莫如说是这个结构的裂隙）。
它们一起从那儿离去，并不更奇怪。我会
茫然在最整洁的白骨鸟巢中窥视，那儿
钢线圈的弹簧已重重搐击，飞轮已飞离。

1933

责备

若你太频繁地品尝眼泪，审判的舌头啊，
你会发现它们拥有某种你始料未及的东西；
孩子气地爬出，好触摸双眸自身的奇迹，
返回你自己的元素。眼泪仅仅
属于眼眸；它们从水中拧出自己
最深的悲哀。在哭泣之水消失的地方
残余的是悲哀、盐和虚弱，
你苦涩的敌人，白色成串地离开面庞。

品尝者啊，眼泪在展示中有其尊严，
具有一种解毒的、干涸的天赋。
不适合顺口尝尝，
盐把泪滴折叠起来，终止哭泣。
哦，古怪的、破碎的、皲裂的舌头
现在你可会说“悲伤不是我的”并屈身叹息？

1935

智慧

"等等。让我想一分钟。"你说。
在这一分钟内我们看见：
夏娃和牛顿，各握一个苹果，
摩西拿着律法书，
苏格拉底抓挠他的卷毛头，
还有好多人来自希腊，
这会儿仍匆匆往这赶，
被你皱眉召唤而来。

可你随即说了一句漂亮的双关。
我们发出霹雳般的笑。
你的助手受了惊，逐一消失；
于是，穿过随后的对话空间，
我们捕捉到——后面，后面，远处，远处——
一颗暴躁的星星闪光的生辰。

1956

北风——基韦斯特

宛如街上的小小乌鸫
小小黑人们抬起了脚，
　　人行道结冰；

锡屋顶看来也冻上了，
花朵变黑，大棕榈树
　　看起来多么蓝！

北风稳稳地掀动着
苍绿色大海，直到它成为
　　酸橙牛奶果子露，

小心的妈妈米士巴·欧茨
取出白人肥孩子穿过的
　　老旧冬大衣

给汉尼拔与赫伯特。
她以她的臃肿
　　把温柔的孩子们逼疯。

汉尼拔抽泣。哦，悲剧！
腰身几乎挂到他膝盖！
　　哦，俗气！

1962

致谢纸条

（载于《哈佛先驱报》）

莓人先生[1]的小调和商籁写道：
“趁你还能，狠狠把莓果采饱。”
即使令我们嘴唇起皱，像苦樱桃，
我们也要感谢这大串大串的莓果。

1969

1 莓人先生（Mr. Berryman）影射同时代美国自白派诗人约翰·贝里曼（John Berryman），代表作有《梦歌》。

VIII

辑八
埃德加·爱伦·坡与自动点唱机

∞

未出版的手稿诗选

文本说明

毕肖普预见到，一些尚未完工的作品可能会在她死后被出版。遗嘱中，她给了她的文学执行人“决定任何未出版的诗稿或文章付梓与否，以及监督出版全程的权利”。这里选的诗作是与弗兰克·比达（她依然在世的文学执行人），以及出版商乔纳森·格拉西商议的结果。手稿摹本可以让读者看到这些身后诗作的精确完成度。每张摹本都附有该页诗的清晰转录，并规范了标题。

本书中收录的伊丽莎白·毕肖普未出版诗稿来自瓦萨学院图书馆特别藏书处（ 此后简称“瓦萨”）、哈佛大学霍顿图书馆（此后简称“霍顿”）、罗森巴赫博物图书馆（此后简称“罗森巴赫”）。[1]

1 此二段为原编者写在诗歌正文前的说明，中译略去第一段末尾关于英文手稿转录（transcription）原则的一小段话。中译手稿诗的选用主要以是否有确凿无误的英文转录为基准。本辑中的全集注多包含手稿诗写作时间，早期非正式出版等信息，中译一律保留。

1935 36?

We went to the dark cave of the street-corner
And the kiosk was bare.
A cold wind drove the people off the streets
Then blew their doors open.
But two white-faced angel-newsboys
With black mouths were there,
With their sparkled wing-sheaves of newspapers,
And they prophesied "War! War!"

Then we noticed a bright light
At the end of the street where we stood,
And we saw that the street stretched to Africa
Where a round African sun burned red.
There in the hot sands of the Circus
Gold, sand-coloured lions stood,
And in the middle of the Circus was
An ancient Roman fountain, filled with blood.

我们前往街角的暗穴……[1]

我们前往街角的暗穴
电话亭空空荡荡。
一阵冷风把人们赶下街道
又吹开他们的大门。
但两个白脸蛋、黑嘴巴
天使般的报童站在那儿,
挨着滑车上污渍斑驳的报纸,
他们预言着:"战争!战争!"

接着我们注意到一束明亮的光
在我们方才站立的街尾,
我们看见街道延伸至非洲
那儿,滚圆的非洲太阳赤红燃烧。

---

1 毕肖普在手稿上亲笔注明"1935 36 ?"(瓦萨 72A.2, p.50);曾刊于《埃德加·爱伦·坡与自动点唱机》。——全集注

那儿，马戏团的热沙中
站着一只悲伤的、黄沙色的狮子，
而马戏团正中央立着一座
古老的罗马喷泉，充满鲜血。

一起醒来多么美妙……[1]

一起醒来多么美妙
同一分钟醒来，听见
突然下起雨，落满屋顶，
感到空气突然清冽
仿佛被空中一团黑线网
骤然通了电，多好。
雨珠在屋顶四处嗞嗞作响，
下方，一个个吻轻盈降临。

雷暴来了，或正在撤离；
是刺人的空气把我们弄醒。
如果闪电此刻击中房屋，它会通过
高处的四个蓝色瓷球

---

1 约写于1941—1946年（瓦萨75.2）；曾刊于《埃德加·爱伦·坡与自动点唱机》。——全集注

降临屋顶，降临避雷针，包围我们，
我们睡眼蒙眬地梦想着
整栋屋子受困于闪电的鸟笼
那一定赏心悦目，毫不可怖；

以同样简单的
夜晚视角，我们平躺着
一切都可能同样轻易地变幻，
为了警告我们，这些黑色的
电线必须始终高悬。无须惊讶
世界可能转为一种迥然不同之物，
就如空气变幻，或闪电转瞬来袭，
变幻着，如一个个吻不及我们思索，已在变幻。

It is marvellous to wake up together
At the same minute; marvellous to hear
The rain begin suddenly all over the roof,
To feel the air suddenly clear
As if electricity had passed through it
From a black mesh of wires in the sky.
All over the roof the rain hisses,
And below, the light falling of kisses.

An electrical storm is coming or moving away;
It is the prickling air that wakes us up.
If lightening struck the house now, it would run
From the four blue china balls on top
Down the roof and down the rods all around us,
And we imagine dreamily
How the whole house caught in a bird-cage of lightning
Would be quite delightful rather than frightening;

And from the same simplified point of view
Of night and lying flat on one's back
All things might change equally easily,
Since always to warn us there must be these black
Electrical wires dangling. Without surprise
The world might change to something quite different,
As the air changes or the lightning comes without our blinking,
Change as our kisses are changing without our thinking.

50

Designs like this all over the furniture — supposed to be set with nonworth jewels

TO BE WRITTEN ON THE MIRROR IN WHITEWASH

I live only here, between your eyes and you,
But I live in your world. What do I do?
— Collect no interest — otherwise what I can;
Above all, I am not that staring man.

为了以石灰写在镜子上[1]

我只住在此地，在你的眼睛和你之间，
但我住在你的世界里，我做点什么？
——别收利息——否则我怎么办；
毕竟，我不是那个目光睽睽的男子汉。

1　写于 1937 年（瓦萨 74.46，p.50）。另一封手稿封在 1937 年 11 月 5 日致玛丽安·摩尔的信封中，没有信文；曾收录于《诗全集：1927—1979》。——全集注

233

~~The pale child with the silver hair~~

For A. B.

The pale child with silver hair
Sat on the sofa all afternoon
And in the softest Southern accent
Read Hans Christian Andersen's,

And laughed half-scared and too high-pitched
Showing pallid little gums,
Cried because the Snow-Queen came,
Her temples hollowed with bad dreams,

~~[illegible]~~ Wept for the interrupted story:
The woodsman's child who grew so weary,
The princess dressed in white, the orphans,
The child who died and lay in the white coffin.

给 A. B.[1]

银头发的苍白孩子
整个下午坐在沙发上
用最柔软的南方口音
朗读汉斯·克里斯蒂安·安徒生，

一半受了惊，尖声笑起来
露出惨白的小牙龈；
尖叫，因为白雪皇后已来到，
噩梦挖空了她的太阳穴，

为中断的故事啜泣：
那么疲惫的护林工的小孩，
白衣公主，白衣孤儿，
躺在白棺材里的死小孩。

---

1 约写于1930年代（瓦萨 75.4，p.233）；曾刊于《埃德加·爱伦·坡与自动点唱机》。“A.B.”可能是指亚瑟·布尔默（Arthur Bulmer）。——全集注

埃德加·爱伦·坡与自动点唱机[1]

轻逸穿过幽暗的房间
音乐落下；点唱机点燃。
《星光》《孔加舞曲》，这个
低档酒吧区所有的舞池
我们下弦月中的空腔，
缀满酒瓶和蓝色灯光
还有银闪闪的椰子和海螺。

---

1 写于1940年代（瓦萨75.b，p.239）；曾刊于《埃德加·爱伦·坡与自动点唱机》。——全集注

此为毕肖普早期未出版作品集《埃德加·爱伦·坡与自动点唱机》标题诗。这本集子主要包括写于1930年代大学毕业后不久的超现实主义习作，以及写于1940年代的爱情诗、梦幻诗和追忆加拿大童年的习作等。该诗集已于2007年3月由爱丽丝·奎恩（Alice Quinn）正式编辑出版（法勒、斯特劳斯与杰鲁出版社，2007）。此举一度引来评论界众多批评之声，海伦·文德勒撰文称这是对自我标准极高的毕肖普的背叛；许多热爱毕肖普的读者却为本书辩护，称即使是不成熟的少作也有助于窥见诗人完整的精神世界。——译注

如音乐落下那般轻逸，
镍币落入槽口，
酒精如孤独的瀑布
于夜间滑下各人的喉，
手落在彼此手上
桌布下更深的黑暗一切都在下降
下降，坠落，——恰似我们想象
那无助的，朝下的爱的坠落
自头和眼睛下降
落到手上、心上，以及更下方。
音乐假装在欢笑抽泣
其实它正下降，去痛饮去谋杀。
焚烧的点唱机能保持小节
和重拍永远精准。

坡说，诗歌是精确的。
但快感是机械的
事先就知道它们要什么
精确地知道它们要什么。
它们取得那种独特的效果：
可以像酒精度数那样被计算

或者像对镍币的反应。

——音乐会燃烧多久?

恰似诗歌，或你所有的恐惧

像此地的恐惧一半那么精确?

Lobby & Love - key

EDGAR ALLAN POE & THE JUKE-BOX

239

Blue as gin,
blue as the pupil
of a blind man's eye

The juke-box burns; the music falls
so easily through the darkened room.
Starlight, La Conga, all the dance-halls
in the block of honkey-tonks,
cavities in our waning moon,
strung with bottles and blue lights
and silvered coconuts and conchs.

As easily as the music falls,
the nickels fall into the slots,
the drinks like lonely water-falls
in night descend the separate throats,
and the hands fall on one another's
down darker darknesses, under
the tables. Everything descends,
descends, falls, — much as we envision
the helpless earthward fall of love
descending from the hand and eye,
down to the hands, and knees, and down.
The music pretends to laugh and weep
while it descends to drink and murder.
The burning box can keep the measure
strict, always, and the [illegible] down-beat.

Poe said that poetry was exact.
But pleasures are mechanical
and know beforehand what they want
and know exactly what they want.
Do they obtain the single effect
calculated like alcohol
or like the response to the nickels.
—just how long does the music burn?
like poetry, or all your horrors
half as exact as horrors here?

Should rhyme 167

I had a bad dream.
toward morning, about you.
you lay unconscious
It was to be
for "24 hrs.
Wrapped in a large blanket
I felt I must hold you
even though a "lot of guests"
might come in from the garden
at a minute
I see us lying
with my arms around you
& my cheek on yours.
It was warm – but I had to
prevent you
from slipping away
from your body, your cheek
from the wound-round blanket.
goose dark morning
Thinking of you
a thousand miles away,
how I tried to hold you
with the numb arms of a dream

in the deep of the morning
the day coming
that loneliness like falling a
the sidewalk in a crowd
that fills more and with shame. so
slow, absolute slow.
the sidewalk rises, recurs.
like absolute despair

我做了噩梦……[1]

我做了一个噩梦，
在凌晨时分，关于你的噩梦。
你毫无知觉地躺着
这将持续
“二十四小时”。
裹在一条长毯里
我觉得必须抱紧你
即使“成群结队的客人”
再过一分钟
或许就会从花园前来
见到我们躺着
而我的手臂环绕着你

1 未注明日期（瓦萨 75.3b，p.167）；刊于《埃德加·爱伦·坡与自动点唱机》。第十行行首的单词或许是“at”，用法类似于“at a minute's notice”（一分钟以内就要，转眼就将）这种短语。——全集注脸颊紧贴你脸颊。

真暖和——但我不得不

防止你

滑走

你的脸从你的身体滑走

从裹紧的毛毯里——

　　　　在阴郁暗淡的清晨

在一千英里以外

想念着你

想我怎样努力抱紧你

用一个梦中人麻木的手臂

在清晨的深处

　　　　白昼正降临

那孤独像雨

将纷纷飘坠于人行道上

填满某种缓慢、精致的羞耻。

人行道上升，上升

宛如绝对的绝望。

那些那么爱我的娃娃去了哪里……[1]

那些在我小时候
那么爱我的娃娃去了哪里？
她们用橘黄色的小手照料我，
把面包屑塞进我的嘴，

那些早班保姆，
葛楚德、泽尔法、诺科米丝都去了哪里？

透过她们真实的眼睛[2]

黑色裤裆，
玩具腕表，

---

1 写于 1950 年代早期（瓦萨 68.2）；曾刊于《埃德加·爱伦·坡与自动点唱机》。——全集注

2 此处原打字稿右侧有手写“尺寸”一词。

她们的手只在想动时才会动——

她们的自我克制我从未掌握
她们的微笑为每种场合划分乐句——
她们迈着僵硬的小步各行其道

去一口柜橱，或衣箱中冥想
好让始料未及的情感
从釉彩皮肤上折射开去[1]

---

1 此处原打字稿右下角有手写“去衣箱或柜橱里冥想”一行。

Where are the dolls who loved me so
when I was young?
Who cared for me with hands of bisque,
poked breadcrumbs in between my lips,

Where are those early nurses,
Gertrude, Zilpha, and Nokomis?

Through their real eyes

blank crotches,
and writst-watches,
whose hands moved only when they wanted -

Their stoicism I never mastered
their smiling phrase for every occasion -
they went their rigid little ways

To meditate in a closet or a trunk
To let unforseen emotions
glance off their glazed complexions

[DRAFT 3]

E. Bishop
Yaddo
Saratoga Springs, N.Y.

THE OWL'S JOURNEY

Somewhere the owl rode on the rabbit's back
down a long slope, over the long, dried grasses,
through a half-moonlight igniting everything
with specks of faintest blue & green,
They made no sound, no shriek, no <u>Whoo!</u>
- off on a long-forgotten journey.
- The adventure's miniature and ancient:
a collaboration thought up by a child.
But they obliged, and off they went together,
the owl's claws locked deep in the rabbit's fur,
not hurting him, and the owl seated
a little sideways, his mind on something else;
the rabbit's ears laid back, his eyes intent.
But the dream never got any further.

猫头鹰的旅程[1]

某个地方，猫头鹰骑在兔子背上
骑下长山坡，越过长长的干燥的草地，
穿过幽微的月光，万物被月光
以淡弱的绿斑和蓝斑点燃。
他们不出声，不尖叫，不起哄！
——启程上路，旅程已被长久遗忘。
——这次历险迷你又古老：
小孩儿设计的一场合作。
但他们顺从了，一起上路。
猫头鹰的爪子深深扣进兔子的皮毛，
猫头鹰的坐姿
有点倾斜，他在走神；
兔子耳朵向后，眼神决然。
——梦境最远也超不过这个地方。

---

1 约写于1949—1950年间（瓦萨64.10）；曾刊于《埃德加·爱伦·坡与自动点唱机》。——全集注

A Short, Slow Life

We lived in a pocket of Time.
It was close, it was warm.
Along the dark seam of the river
the houses, the barns, the two churches,
hid like lint ... in a fluff of gray
[illegible] of the willow fields,
Till Time [illegible] one of his gestures
his [illegible] roof
Roughly his hand reached in,
and tumbled us out.

短暂缓慢的一生[1]

我们曾住在时间的口袋里。
它很紧，很暖和。
沿着河流幽暗的滚边
房屋、谷仓、两座教堂
躲藏着，一如灰柳和榆树
绒毛中白色的面包屑，
直到时间做了一个手势；
用指甲刮擦木瓦屋顶。
他把手粗暴地伸进去，
我们翻着跟头跌出来。

1 写于 1950 年代（瓦萨 74.10）；曾刊于《埃德加·爱伦·坡与自动点唱机》。——全集注

KEATON

I will be good; I will be good.
I have set my small jaw for the ages.
and nothing can distract me from
solivng the appointed emergencies
Even with my small brain
- witness the size of my hat-band the diamter of my hat band
and the depth of the crown of my hat

I will be correct; I know what it is to be a man.
I will be ccorrect or bust.
I will love but not impose my feelings
I will serve and serve
with lute or I will not say anything.

If the machinery goes, I will repair it
If it goes again I will repair it again
My backbone

through these endless etceteras painful

No, it is not the way to be, they say.
Go with the skid, turn always to leeward
and see whath appens, I ask you , now

I lost a lovely smile somewhere, ~~///////~~
and many colors dropped out
The rigid spine will break, they say -
Bend, bend.

I was made at right angles to the world
and I see it so I can only see it so.
I do not find all this absurdity people talk about
find
Perhaps a paradise a serious paradise where lovers hold hands
and everything works
I am not sentimental -

基顿

我会很乖；很乖。
我已世世代代咬紧牙关。
没什么能让我分心
不去解决预约好的危机
即使以我小小的脑袋
——看我帽圈的尺寸 我帽带的直径
看我帽顶的深度

我会做对；我知道生而为人意味着什么。
我若做不对就会破产。
我会去爱，但不会强加我的情感
我会服务再服务
用鲁特琴或者　　　　我什么都不会说。

如果机器运转，我会修理它
若它再运转，我就再修一遍

我的脊柱

穿过这些无穷痛苦的附加物

不，他们说，本不该是这样。
追随滑轨，永远转向背风处
看看发生了什么，我现在问你

我在某处丢失了可爱的微笑，
并且许多颜色剥落
僵硬的脊椎将碎裂，他们说——
弯腰，弯腰。

我被制成与世界成直角
并且我就是如此看待它　　我只能如此看待它。
我找不到人们谈论的所有荒谬之物
或许是天堂　　一座严肃的天堂那儿情人们握着手
一切都行得通
　　我并不善感多愁。[1]

1　未注明日期（瓦萨 66.11），刊于《埃德加·爱伦·坡与自动点唱机》。——全集注

亲爱的，我的指南针……[1]

亲爱的，我的指南针
依然向北
指向木房子
和蓝眼睛，
指向童话，那儿
亚麻色头发的
小儿子
把鹅带回家，

干草阁楼上的爱情，
新教徒，还有
喝得烂醉的人……

---

1 约写于 1965 年。私人收藏；卡门·奥莉薇拉（Carmen Oliveira）摄影，感谢芭芭拉·佩琪（Barbara Page）和劳埃德·史沃兹。另一份打字稿将所有诗节都排成了四行诗，并刊于《埃德加·爱伦·坡与自动点唱机》。——全集注

春天倒退，

但沙果们
熟成了红宝石，
蔓越橘
熟成血滴，

天鹅可以在
冰水中划桨，
那些有蹼的脚中
血液如此温热。
——尽管那么寒冷，我们还是
会早早上床，亲爱的，
但绝对不是
为了取暖。

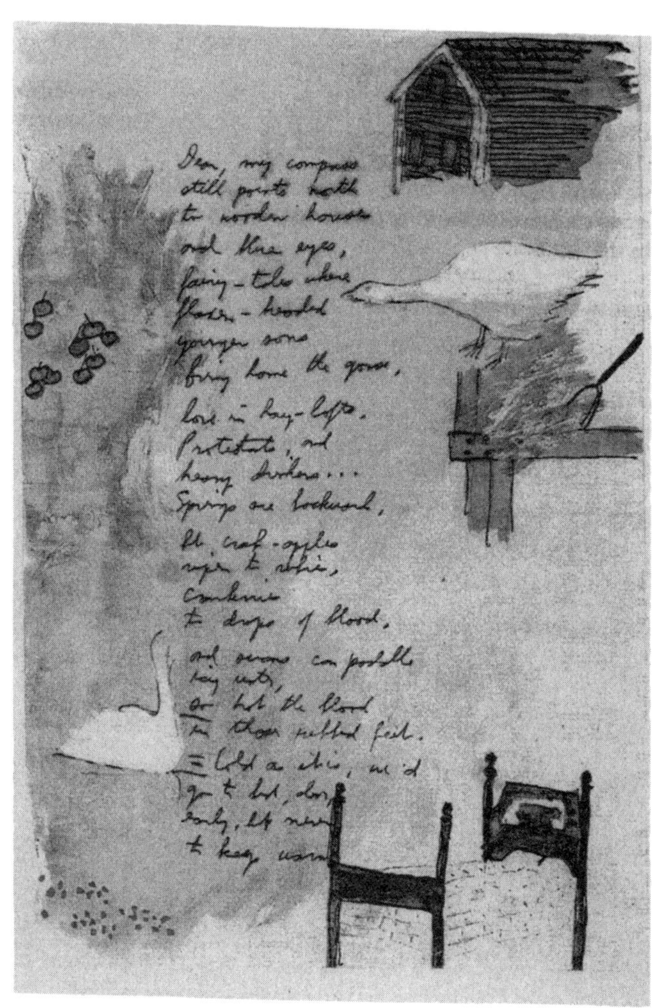
Dear, my compass
still points north
to wooden houses
and blue eyes,
fairy-tales where
flaxen-haired
younger sons
bring home the goose,
love in hay-lofts,
Protestants, and
heavy drinkers...
Springs are backward,
the crab-apples
ripen to white,
Cranberries
to drops of blood,
and swans can paddle
icy waters,
so hot the blood
in those webbed feet.
Cold as it is, we'd
go to bed, dear,
early, but never
to keep warm.

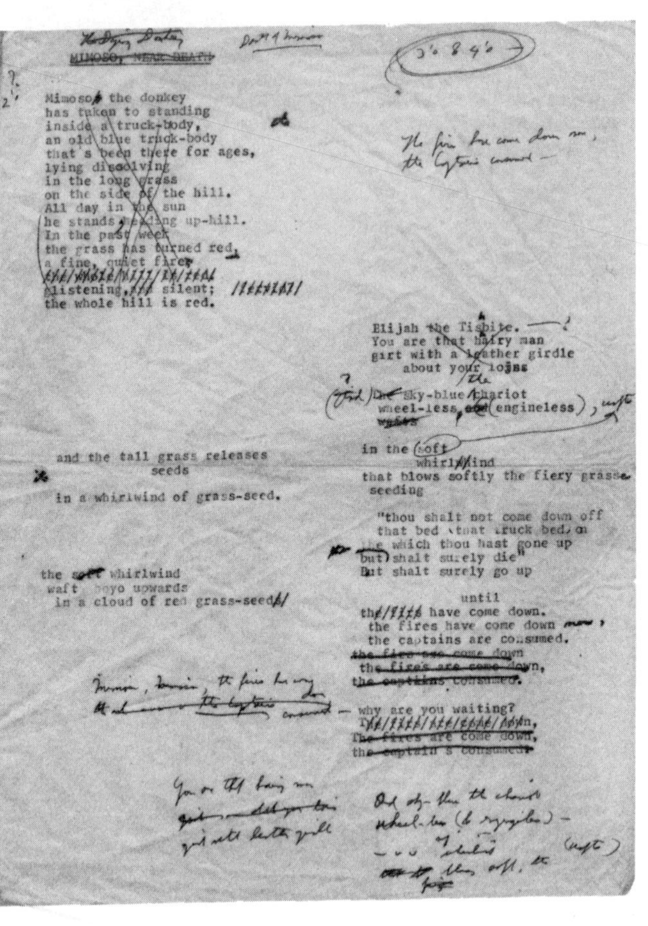

~~MIMOSO, NEAR DEATH~~

Death of Mimoso

Mimoso the donkey
has taken to standing
inside a truck-body,
an old blue truck-body
that's been there for ages,
lying dissolving
in the long grass
on the side of the hill.
All day in the sun
he stands heading up-hill.
In the past week
the grass has turned red,
a fine, quiet fire,
glistening, and silent;
the whole hill is red.

and the tall grass releases
seeds
in a whirlwind of grass-seed.

the ~~soft~~ whirlwind
waft Mimoso upwards
in a cloud of red grass-seed.

Elijah the Tishbite.
You are that hairy man
girt with a leather girdle
about your loins
the sky-blue chariot
wheel-less, (engineless), waits
in the soft
whirlwind
that blows softly the fiery grass-seeding

"thou shalt not come down off
that bed (that truck bed) on
the which thou hast gone up
but shalt surely die"
But shalt surely go up

until
the fires have come down.
the fires have come down now,
the captains are consumed.
~~the fires are come down~~
~~the fires are come down,~~
~~the captains consumed.~~
why are you waiting?
~~The fires are come down,~~
~~the captain's consumed.~~

含羞草之死[1]

一头名叫含羞草的驴子
喜欢上了
站在卡车里
一辆古老的蓝色卡车
卡车在那儿躺了好久，
躺着，融化着
在山侧高高的
野草中央。
一整天都在烈日下
驴子站着，仰望山坡。
上星期
野草转成了红色，

1 约写于 1959 年（瓦萨 64.15）。一份更早的打字稿以《含羞草，濒临死亡》的标题刊于《埃德加·爱伦·坡与自动点唱机》。——全集注

一股纤细、安静的火焰，

微光闪烁，沉默不语；

整座山坡都是红色。

朦胧诗（朦胧的情诗）[1]

向西的旅程——
——我想我是梦见了那旅程。
他们频频谈论着“玫瑰岩礁”
或许是“岩礁玫瑰”
——我现在不确定，但有人试图带给我一些。
（两三个学生确实这么做了。）

她说，她家里就有几块。
在后门边，她说。
——一座摇摇欲坠的房屋。
军队的房子？——不，“海军房。”是的，
　　　　　　　　　　那遥远的内陆。
后门什么也没有，除了积灰

1　约写于 1973 年（瓦萨 67.23）；刊于《埃德加·爱伦·坡与自动点唱机》。——全集注

还有那干巴巴、单色、我四处见到的乌贼墨草。
哦，她说，狗已把它们衔走。
（一只大黑母狗正围绕我们舞蹈。）

后来，当我们从马克杯里饮茶，她找到了一块，
“算是一块。”“看，这家伙刚开始要——
你可以看见，它刚开始具有玫瑰的外表。
它是——好吧，一块水晶，水晶体——
我对地质学一窍不通……”
（我也一样。）
我可以勉强辨出——或许吧——在乏味的
看似土壤的玫瑰红块状物中，
一个近似玫瑰的形体；微弱的闪光……是的，或许
里面生长着一颗秘密、强劲的水晶。

我几乎看见了它：正幻化为
一朵玫瑰，没有任何节外生枝的
根、茎、花苞等；仅仅是
土壤中幻化出玫瑰，再化回去。
晶体学和它的法则：
我　我曾经极度渴望研究，

[Draft 2]

~~VAGUE POEM/ VAGURE~~

~~VAGUE POEM/ VAGUEYLI LOVE POEM~~

~~VAGUE POEM (Vaguely Love Poem)~~

VAGUE POEM (Vaguely love poem)

The trip west -
- I think I dreamed that trip.
They talked a lot of "Rose Rocks"
or maybe "Rock Roses"
- I'm not sure now, but someone tried to get me some.
(Two or three students had.)

She said she had some at her house.
~~They were at the door, she said.~~ They were by the back door, she said.
- A ramshackle house,
An Army house ? - a Navy house. Yes,
~~far inland~~ that far inland.
~~But there was nothing but dirt,~~ - There was nothing by the back door but dirt
or that same monochrome, dry, sepia straw, [illegible] .
Oh she said the dog has carried them off.
(A big black dog, female, was ~~[illegible]~~ around us.)
dancing

Later, as we drank tea from mugs, she found one,
"a sort of one". "This one is just beginning. See -
you can see here, it's beginning to look like a rose.
It's - well, a crystal, crystals form-
I don't know any geology myself..."
(~~But~~ Neither did I.)
Faintly, I could make out - perhaps - in the dull,
rose-red lump of (apparently) soil
a rose-like shape; faint glitters... Yes, perhaps
there was a ~~magic~~ crystal at work inside.

I almost saw it:turning into a rose
without any of the intervening
roots, stem, buds, and so on; just
earth to rose and back again.

(Crystalography and its laws:
something I ~~wanted to study once until I learned~~ I once wanted badly to study,
that it would involve a lot of arithmetic, mathematics, that is.)

Just now, when I saw you naked again,
I thought the same words: rose-rock; rock-rose...
Rose, trying, working,to show itself,
unimaginable connections, unseen, shining edges,
forming, folding over,
Rose-rock, unformed, flesh beginning, crystal by crystal,
clear pink breasts and darker, crystalline nipples,
rose-rock, rose-quartz, roses, roses, roses,
exacting roses from the body,
and the even darker, accurate, rose of sex -

直到得知这将涉及一大堆计算，就是说，

　　数学。

就在刚才，当我再次看见你的裸体，
我想到了同样的词：玫瑰岩礁；岩礁玫瑰……
玫瑰跃跃欲试着展示自身，
生成着，卷叠着，
不可思议的联结，隐形的、光璨的边缘。
尚未形成的玫瑰岩礁，肉体的开端，晶体挨着晶体，
清澈的粉色胸脯，暗一些的、剔透的乳头，
玫瑰岩礁，玫瑰石英，玫瑰，玫瑰，玫瑰，
从身体中索取玫瑰，
还有更幽暗、精确的性之玫瑰。

早餐之歌[1]

吾爱，拯救我的神恩，
你的双眸蓝得骇俗。
我吻了你滑稽的脸，
你咖啡味道的嘴唇。
昨夜我与你同眠。
今天我如此爱你
我怎能忍受
（迟早得去，我知道）
与丑陋的死亡同床
在那寒冷、污秽的地方，
睡在那儿，身边没有你，

1　约写于 1973—1974 年间。劳埃德·史沃兹收藏；曾刊于《埃德加·爱伦·坡与自动点唱机》。手稿由劳埃德·史沃兹抄写自毕肖普 1974 年 1 月 3 日左右的笔记本。笔记本未能存世，但有一首题为《头脑天真的早餐之歌》的诗的打字稿留存下来，只有两行："吾爱，拯救我的神恩，/ 你的双眸非常之蓝"（瓦萨 64.24）。——全集注

没有那种我已熟悉的

亲近而甜美的呼吸[1]

以及整夜与四肢同长的温暖？

——没有人想死；

告诉我这是谎言！

但是不，我知道它是真的。

这只是平凡的事；

谁也做不了什么。

吾爱，拯救我的神恩，

你的双眸蓝得骇俗

起初的、瞬间的蓝。

1　本行已在手稿中删去，页边另有手写“平稳的呼吸 / 和平的呼吸？ / 平易？”字样，可看出诗人造句的过程。

Breakfast Song

My love, my saving grace,
your eyes are awfully blue.
I kiss your funny face,
your coffee-flavored mouth.
Last night I slept with you.
Today I love you so
how can I bear to go
(as soon I must, I know)
to bed with ugly death
in that cold, filthy place,
to sleep there without you,
without the ~~close, sweet breath~~ ~~steady breath~~ easy? ~~peaceful breath~~?
and nightlong, limb-long warmth
I've grown accustomed to?
— Nobody wants to die;
tell me it is a lie!
But no, I know it's true.
It's just the common case;
there's nothing one can do.
My love, my saving grace,
your eyes are ~~early~~ blue awfully
+ instant ~~and young~~ blue awfully?
(early)

给祖父[1]

迄今为止，你在北方多远的地方？
——但我近得几乎足以见到你：
在北极星之下，
矮壮，宽背，心意已决，
踩着外八字的雪鞋
跋涉过坚硬明亮的雪地、凝块的地皮……
北极光[2]在沉默中焚烧。
赤红浅紫的长纸带
以色彩装点你的秃头。
你有护耳的海豹皮帽在哪里？
那件黑蛙花纹的古旧皮外套呢？
你会再次横遭死亡。

---

1 未注明日期（瓦萨 65.19），曾刊于《埃德加·爱伦·坡与自动点唱机》。——全集注

2 Aurora Borealis，原文为拉丁文。

FOR GRANDFATHER

How far north are you by now?
But I'm almost close enough to see you:
Under the North Star,
stocky, broadbacked, determined,
trudging on splaying snowshoes
over the snow's hard, brilliant, curdled crust...
Aurora Borealis burns in silence.
Streamers of red, of purple,
~~make~~ flecks ~~of~~ color ~~on~~ your bald head.
Where is your sealskin cap with ear-lugs?
That old fur coat with the black frogs?
You'll catch your death again.

If I should overtake you, ~~but~~ kiss your cheek,
~~and kiss your cheek,~~
its silver stubble would feel like hoar-frost
and your old-fashioned, walrus moustaches
be hung with icicles.

Creak, creak... frozen thongs and creaking snow.
I think these drifts are endless; as far as the Pole
they hold no shadows but their own, and ours.
~~Please, Grandpa,~~ Grandfather, please stop! I haven't been this cold in years.

[Draft 4]

如果我能超过你，亲吻你的脸颊，
银白的胡茬摸起来会像白霜
而你老派的、海象式的髭须
沉甸甸挂满了冰凌。

吱嘎，吱嘎……冰冻的皮鞭和开裂的雪。
我想，这些漂流物无边无际；远至北极
不负载任何影子，除了它们自己和我们的。
祖父，请停下！多年来，我从没感到这么冷。

图书在版编目（CIP）数据

唯有孤独恒常如新 / (美) 伊丽莎白 · 毕肖普
(Elizabeth Bishop) 著 ; 包慧怡译. -- 长沙 : 湖南文
艺出版社, 2019.10
书名原文: Poems
ISBN 978-7-5404-9279-3

Ⅰ. ①唯… Ⅱ. ①伊… ②包… Ⅲ. ①诗集-美国-
现代 Ⅳ. ①I712.25

中国版本图书馆CIP数据核字(2019)第100309号

著作权合同登记号：18-2019-042

唯有孤独恒常如新
WEI YOU GUDU HENGCHANG RUXIN
[美] 伊丽莎白 · 毕肖普 著　包慧怡 译

出 版 人　曾赛丰
出 品 人　陈　垦
出 品 方　中南出版传媒集团股份有限公司
　　　　　上海浦睿文化传播有限公司
　　　　　上海市巨鹿路417号705室（200020）
责任编辑　刘诗哲
封面设计　山　川
责任印制　王　磊
出版发行　湖南文艺出版社
　　　　　长沙市雨花区东二环一段508 号（410014）
网　　址　www.hnwy.net
经　　销　湖南省新华书店
印　　刷　河北鹏润印刷有限公司

开本：787mm × 1092mm　1/32　　印张：11.25　　字数：190千字
版次：2019年10月第1版　　印次：2022年6月第3次印刷
书号：ISBN978-7-5404-9279-3　　定价：56.00元

出 品 人：陈　垦
策 划 人：余　西
出版统筹：戴　涛
监　　制：仲召明
编　　辑：赵　阳
封面设计：山川@山川制本workshop
版式设计：张　苗

欢迎出版合作，请邮件联系：insight@prshanghai.com
新浪微博：@浦睿文化